LA SPOSA INDISCIPLINATA

SERIE SUI MÉNAGE DI BRIDGEWATER - 9

VANESSA VALE

Copyright © 2019 by Vanessa Vale

Tutti i diritti riservati. Nessuna parte di questo libro può essere riprodotta o trasmessa in qualunque forma o mezzo, elettrico, digitale o meccanico, incluso ma non limitato alla fotocopia, la registrazione, la scannerizzazione o qualunque altro mezzo di salvataggio dati o sistema di recupero senza previa autorizzazione scritta da parte dell'autore.

Vale, Vanessa
Titolo originale: Their Stolen Bride

Cover design: Bridger Media
Cover graphic: Hot Damn Stock; Deposit Photos: lafita

ISCRIVITI ALLA NEWSLETTER

Unisciti alla mailing list per essere informato per primo su nuove uscite, libri gratuiti, premi speciali e altri omaggi dell'autore.

http://vanessavaleauthor.com/v/db

1

AMES

Di tutte le donne nel Territorio del Montana, perché mi si dovevano gonfiare i testicoli per *lei*? Tennessee Bennett era una donna difficile. Una donna difficile e pericolosa non solo per se stessa, dal momento che scoprii presto – una volta che fui riuscito a farla tranquillizzare abbastanza da farle formare delle frasi di senso compiuto – che non solo si era fatta rapire da un pazzo furioso, ma aveva anche trascinato mia sorella in quella pessima situazione. Per fortuna, dopo sei giorni... sei cazzo di giorni in mano a quell'uomo, Tennessee adesso era libera, grazie all'aiuto tempestivo di Abigail. Fortunatamente, entrambe le donne erano rimaste intatte e incolumi dopo quell'incidente.

Per quanto riguardava Abigail, i suoi due mariti si erano presi cura di lei e se l'erano portata a casa a Bridgewater. Era stato difficile permettere loro di occuparsi di lei – era stato il mio ruolo fino a quel momento – e avrei dovuto abituarmi a quel matrimonio, ma loro l'avrebbero mantenuta al sicuro. Felice.

E mentre Abigail aveva Gabe e Tucker, Tennessee non aveva nessuno. Niente soldi. Nessun posto dove stare. Nessuna prospettiva d'impiego ora che aveva terminato la scuola.

Ciò che aveva ero io, e mi sarei assicurato di prendermene cura. Non avevo protetto Abigail nell'incendio tutti quegli anni prima. Era stata lei a salvare me. Il senso di colpa per quello, per la cicatrice che portava, mi ricordavano del mio fallimento ogni volta che la guardavo. Non l'avrei fatto di nuovo. Avrei salvato Tennessee, a prescindere da cosa ciò avrebbe richiesto. Parole gentili, una sculacciata o perfino una forte scopata.

Tanto per cominciare, sembrava ci volesse una sculacciata. Perché mentre Abigail aveva singhiozzato e aveva avuto bisogno di conforto e di affetto, Tennessee sembrava non aver bisogno di nulla a parte di una possibilità di sfogare la propria frustrazione. Su di me.

«James Carr, solo perchè vostra sorella è la mia migliore amica non significa che abbiate il diritto di dirmi che cosa fare.»

Mi stava guardando attraverso le sue ciglia chiare. Quegli occhi azzurri, con le occhiaie dovute a sei giorni di preoccupazione e probabilmente di insonnia, mi facevano venire voglia di attirarla tra le mie braccia e dirle che tutto sarebbe andato bene, ma non potevo farlo. Non in quel momento. Non avevo intenzione di coccolarla. Era palesemente chiaro – se non altro per me – che avesse bisogno di un polso fermo visto che si era cacciata in una situazione del genere, e l'avrebbe trovato con me. Potevo solamente immaginare che fosse stato il suo essere viziata a farla finire in quel casino, essendo stato suo padre troppo indulgente nel crescerla.

«Dopo quanto è appena successo?» ribattei. «Sei stata *rapita* e tenuta in ostaggio. Grimsby ti avrebbe *uccisa*.» Lo sapevo solamente perché aveva dovuto raccontare tutto l'accaduto allo sceriffo in carica. Trassi un respiro, lo lasciai andare, pensando a ciò che avrebbe potuto succederle. «Abigail è venuta a salvarti e tu sei fuggita, lasciandola a casa di quell'uomo. Da sola.»

«Non sono fuggita; sono tornata con lo sceriffo!» sbottò lei. Per una che mi arrivava solamente alla spalla, era ben capace di guardarmi dall'alto verso il basso.

Per quanto Tennessee non avesse avuto alcuna abilità da offrire per aiutare in alcun modo nella situazione in cui si erano trovate – e fosse effettivamente andata a chiamare lo sceriffo – era il fatto che avesse infilato mia sorella nel suo stesso pasticcio che mi aveva fatto innervosire. E il fatto che si fosse cacciata in un tale pericolo lei stessa.

Sei giorni con quell'uomo.

«Potrebbe essere meglio, signorina, se non parlassi, altrimenti troverò un vicolo libero e ti sculaccerò,» controbattei, conducendola lungo il marciapiede di Butte. Prima avessimo lasciato la città, prima saremmo stati soli e avrei potuto piegarmela sulle cosce, mutande attorno alle ginocchia, culo nudo e arrossato dall'impronta della mia mano.

Non avevo mai alzato un dito su una femmina e non avevo intenzione di cominciare adesso. Questa mi agitava a tal punto. Nello spirito e nel corpo. Una sculacciata le avrebbe fatto – a lei così come a me – un sacco di bene. Così come scoparmela fino allo sfinimento.

Entrambe le cose avrebbero potuto sortire lo stesso risultato... Tennessee docile e domata, ed entrambe mi sarebbero piaciute. Per quanto riguardava lei? Forse non avrebbe apprezzato la sculacciata, inizialmente, ma era di natura passionale e senza dubbio avrebbe avuto la figa bagnata e vogliosa una volta finito.

Prima, però, dovevo trovare un luogo privato in cui infliggere tale punizione – un vicolo non sarebbe andato bene a prescindere da come l'avessi minacciata.... e calmarmi prima di tutto. Più parlava, meno io mi placavo.

L'aria era piuttosto calda, rendendo le vie trafficate. Ci passavano accanto carrozze e cavalli con diversi passeggeri. Una musica metallica di pianoforte usciva da un saloon, cosa che non mi sorprendeva affatto dal momento che sembrava essercene uno ad ogni angolo. I ricchi re del rame si mischiavano ai comuni passanti con le prostitute e i minatori. Io odiavo le città. Il rumore. Il selvaggio schiacciamento dell'umanità. Non sarei venuto lì se non fosse stato per la scomparsa di Abigail. Non sarei rimasto se non fosse stato per Tennessee. E non troppo a lungo.

«Non voglio tornare a casa con voi,» sbottò lei, strattonando la mia presa.

Io avevo la mano sulle sue sulla piega del mio gomito per impedirle di scappare via, proprio come stava cercando di fare. Le avevo detto, senza mezzi termini, che se ne sarebbe andata da Butte assieme a me. Non le avevo offerto altra opzione, dal momento che non ne aveva.

«Non vi *conosco* nemmeno,» aggiunse con un verso di disapprovazione che le fece scontrare i seni col mio bicipite. Gemetti tra me a quella seducente sensazione. Per quanto mi arrivasse a malapena alla spalla, aveva delle curve impossibili da nascondere sotto il suo abito modesto. Il tessuto azzurro rispecchiava i suoi occhi, ma il cotone la copriva da collo a polso e caviglia. Qell'indumento era innocentissimo. Forse non di indole, ma sicuramente di fatto.

Oh, quell'impertinenza. Non vedevo l'ora di vederla applicata in ambiti molto più... intimi.

La sposa indisciplinata

Per due anni, sin da quando le avevo messo gli occhi addosso alla scuola d'élite, aveva riempito i miei sogni, me l'aveva fatto venire duro, mi aveva costretto a stringermelo con forza e a trovare sollievo con la mia mano mentre mi immaginavo le sue lunghe ciocche chiare tra le mie dita, la morbida sensazione della sua pelle contro la mia, il suono dei suoi gemiti mentre le davo piacere, la sensazione della sua figa stretta mentre la riempivo per la prima volta.

Strinsi i denti, sapendo che era andata da Grimsby e aveva messo la propria vita in pericolo quando avrebbe potuto venire da me ed io l'avrei salvata. Ormai era fatta. Suo padre era morto e Grimsby stava andando in prigione.

Dopo *due anni*, Tennessee Bennett era mia. Avevo atteso perchè era stata troppo giovane e avevo voluto che terminasse la scuola. Tuttavia mi ero ammalato, e per quanto avessi pensato che si fosse trattato di un'influenza stagionale, il dottore chiamato da Abigail aveva avuto un altro parere. Un battito cardiaco irregolare indicava una debolezza dell'organo. Molto probabilmente una dipartita prematura. Aveva avuto un'espressione cupa nel riferirmi la sua diagnosi, come se fossi stato sul punto di crepare da un momento all'altro. A me sembrava di essermi ripreso dall'influenza, nonostante fossi ancora stanco. Era perché stavo morendo o perchè semplicemente avevo bisogno di dormire di più – e di stressarmi di meno? Magari sarei morto presto, ma non avevo intenzione di farlo senza vivere. Senza aver ottenuto ciò che volevo, ovvero Tennessee.

Abigail non mi avrebbe ostacolato, non che sospettassi che avrebbe obiettato alla nostra unione: lei era sposata e aveva mantenuto i propri segreti. Io avrei tenuto segreta la mia salute fino a quando non fossi stato in grado di tornare dal dottore.

Ora, nulla ci impediva di stare insieme – maledetto cuore debole – tranne forse Tennessee stessa. Era il momento. Non solo era pronta, aveva bisogno di un *vero* uomo. Mi sarei assicurato che fosse felice, accasata, accudita. Protetta. *Amata*. Le avrei dato la luna se avessi potuto.

«Non sono uno sconosciuto. Sono il fratello della tua migliore amica,» ribattei, rigirando le sue parole di prima a mio favore.

Lei strinse le labbra piene. «Cosa avete intenzione di fare con me?» chiese, inarcando un sopracciglio chiaro.

Cazzo, era adorabile. Sembrava che avessi un debole per le punizioni perchè il mio cazzo non voleva una donna obbediente e docile come moglie. No, mi veniva duro per quella piccola arpia che sembrava più incline a volermi schiacciare le palle piuttosto che prenderle delicatamente tra le mani per sentire quanto seme vi fosse dentro pronto a riempirle la sua figa vergine.

«Sposarti, ovviamente. E non un semplice matrimonio qualunque, un matrimonio alla Bridgewater. Sai di cosa si tratta?»

Lei spalancò gli occhi. «Sposarmi?» strillò lei. «Io non voglio sposarvi.»

Chiaramente, aveva sentito solamente la mia prima frase, non le altre, dal momento che altrimenti avrebbe saputo che non sarei stato solo io a rivendicarla, ma anche Jonah Wells. Avere due mariti avrebbe garantito che fosse sempre al sicuro, che non le sarebbe mai accaduto nulla di male. Era stata una decisione immediata. Ce l'avevo accanto e ci *saremmo* sposati. Però io ero stato male. Io *stavo* male, a detta del dottore. Volevo Tennessee, ma non volevo lasciarla – né lei, né probabilmente il bambino che le avremmo dato – da sola se quella diagnosi fosse stata corretta. Jonah Wells era il candidato perfetto. *L'unica* persona con la quale avrei mai potuto immaginare di condividere una moglie.

Avrebbe dovuto venire a Butte con me per aiutarmi a cercare Abigail – avevo abbandonato il ranch in tutta fretta

La sposa indisciplinata

assieme a Tucker e Gabe a l'avevo fatto chiamare affinchè venisse a darmi una mano – ma ancora non l'avevo visto. Non mi sorprendeva dal momento che ci era voluto del tempo per rintracciare Abigail fino alla casa di Grimsby. L'avremmo incontrato, ne ero sicuro.

«Perché no? La tua ultima conquista è stato il Signor Grimsby ed eri pronta a sposarlo. Non riesco ad immaginarmi che fosse stato il tuo primo tentativo.»

Avevo Tennessee a portata di mano e non avevo intenzione di attendere l'arrivo di Jonah per rendere la cosa ufficiale. In un matrimonio alla Bridgewater, lui sarebbe comunque stato suo marito lo stesso, cerimonia o meno. Sapevo che gli sarebbe bastato guardarla una volta per desiderarla tanto quanto me. Una volta pronunciati i voti, avrei saputo una volta per tutte che sarebbe stata al sicuro.

Lei assottigliò lo sguardo e arrossì, la sua pelle pallida che tradiva la verità senza che le fosse necessario dire una sola parola. Era andata a caccia di marito. Un marito *ricco*, ed era finita in tragedia. Talmente in tragedia che suo padre era stato assassinato. Cazzo, mi avrebbe fatto impazzire. Probabilmente sarebbe stato più facile morire per un colpo apoplettico.

«Posso anche essere un semplice rancher, ma non bevo fino a ubriacarmi, non impreco – se non altro non di fronte alle donne, ho tutti i capelli in testa, tutti i denti,» condivisi, posandomi una mano sul petto. Avevo anche dei soldi. Un bel po', oltre ad un enorme appezzamento di terra. In quanto mia moglie, non le sarebbe mancato nulla, ma non l'avrei sposata per quello. «Sono esattamente ciò che stavi cercando.»

E lei era esattamente ciò che stavo cercando io. Col suo temperamento selvaggio e tutto il resto.

La presi per un braccio e ripresi a condurla lungo la

strada. «Vieni, se tornerai a casa con me, dobbiamo prima trovare un prete.» *E poi un letto.*

Lei si divincolò e urlò. «No! Siete stato voi a dirmi che sarei venuta con voi. Non mi avete dato scelta. Non voglio venire con voi, figuriamoci sposarvi.»

La nostra passeggiata fu interrotta da un uomo che stava facendo rotolare un barile di legno sulla strada polverosa verso un saloon, passandoci davanti.

Inarcai un sopracciglio. Perché si stava opponendo? «Non hai altra opzione se non sposarti. Non avresti cercato di attirare il Signor Grimsby in trappola se fosse stato altrimenti. Ti prometto che sono un partito decisamente migliore di quel-» Non conclusi la frase, dal momento che il termine che avevo in mente per quell'uomo non era da pronunciare a voce alta.

«Mi sta rapendo! Aiuto!» urlò lei.

Io la fissai sconvolto. *Rapendo? Avrei voluto* gettarmela in spalle e fare proprio come stava insinuando, ma non mi era sembrato necessario. Dopo ciò che aveva appena passato, mi ero aspettato che fosse tutto sommato docile e capisse che le avevo offerto un porto sicuro. Un matrimonio con un uomo che la desiderava. Che la voleva in quanto... *lei.* E con me, avrebbe avuto due mariti. Il doppio della protezione, del conforto, dell'amore. Forse mi ero sbagliato.

L'uomo robusto fermò il barile, ci impedì di avanzare e fissò Tennessee, il suo sguardo che scendeva sul punto in cui le stavo stringendo il braccio. Lei si divincolò dalla mia presa e aggirò il barile per allontanarsi da me.

Per quanto quell'uomo fosse alto più o meno quanto me, pesava decisamente di più. Muscoli nerboruti dovuti al suo lavoro gli gonfiavano le braccia sotto la camicia pezzata di sudore. Io lavoravo duramente ogni giorno al mio ranch, ma non potevo competere con chi maneggiava pesanti barili di birra. «Cosa volete da questa signora?» mi chiese. Aveva la voce profonda ed io non potei non notare il modo in cui le sue mani spesse si strinsero a pugno.

«È pericoloso,» aggiunse Tennessee, poi si portò le dita alla bocca come a nascondere un labbro tremulo. Dovetti chiedermi se le avessero insegnato teatro alla scuola d'élite che aveva frequentato assieme ad Abigail.

Oh, Tennessee si sarebbe beccata la sculacciata del secolo una volta che fossi riuscito a metterle le mani addosso per quella storia. Feci un passo verso di lei. «Sei appena stata salvata da un rapimento. Sul serio, Tennessee?»

«Ha perfino una pistola!» urlò lei, indicando l'arma che tenevo infilata nei pantaloni su un fianco. Era quella che Abigail mi aveva preso e che aveva usato per sparare un avvertimento in direzione di Grimsby. Senza dubbio ogni uomo presente nella folla che si era accalcata attorno a noi aveva un'arma. Poteva anche trattarsi della città più ricca del pianeta, ma ci trovavamo comunque in un territorio selvaggio.

«Tenn-» dissi, ma venni interrotto quando l'uomo robusto col barile allungò una mano per afferrarmi dal bavero. Il suo pugno mi colpì prima che potessi fare altro che sollevare le mani in un debole tentativo di difendermi. Finii a terra e andai a sbattere contro il muro di mattoni dell'edificio alle mie spalle. La mia testa colpì con forza la superficie dura ed io scivolai a terra, il mondo che si oscurava.

Mi risvegliai con Jonah accucciato sul marciapiede di fronte a me. Era mio amico nonché il mio vicino – se così si poteva chiamare dal momento che i nostri ranch erano abbastanza grandi da far sì che le nostre case distassero più di un miglio l'una dall'altra – e mi stava studiando. Avendo una decina d'anni più di me, aveva diversa esperienza nel giudicare le mie condizioni. «Brutta giornata?» mi chiese.

Allungando una mano, presi quella che mi stava porgendo

e lui mi aiutò ad alzarmi. Facendo una smorfia, mi toccai delicatamente un occhio, sapendo che era gonfio.

«Cazzo, che male.»

Lanciai uno sguardo oltre le spalle ampie di Jonah. Il bruto e il suo barile erano entrambi spariti da un po'. Così come Tennessee. Cazzo.

«Dov'è andata?»

«Chi? Abigail?» Guardò da entrambe la parti lungo la strada.

«No, Tennessee Bennett.» Sospirai, piegando la testa da una parte all'altra. «È una storia lunga, ma è la donna di cui ti ho parlato.»

Avevo condiviso con lui il mio desiderio per Tennessee, la mia intenzione di sposarla e di farla mia. Col tempo. Be, adesso era arrivato il momento e sembrava che lei fosse scomparsa.

«È stata lei a farti svenire?» Gli si aprì un sorriso sul volto. «Devo ammettere che mi intriga.»

Sospirai, poi borbottai «No, non è stata lei a colpirmi. Non riuscirebbe nemmeno a lasciare il segno su un cuscino. Ha fatto una scenata, ha detto che la stavo rapendo e un bruto è venuto a salvarla. Tirandomi un pugno.»

Feci un'altra smorfia per via del dolore che avevo in volto mentre lui gettava indietro la testa e se la rideva. Molti si voltarono a guardarci, specialmente le signore. Con i suoi capelli biondi, il volto scolpito e il fisico robusto, molte donne avevano cercato di attirarlo in un matrimonio. Nessuna ci era riuscita dacché lo conoscevo.

«Le ho detto che ci saremmo sposati.»

«Detto?» Fece un cenno col cappello a due donne più anziane che ci passarono accanto. «Non c'è da meravigliarsi che ti abbiano tirato un pugno. Mi sorprende che tu non abbia le palle legate al collo oltre ad un occhio nero. Parole gentili per un'indole gentile, forse?»

La sposa indisciplinata

Sbuffai una risata. *Tennessee, un'indole gentile?* Guardai lungo il marciapiede nella direzione in cui ci eravamo incamminati, ma non colsi alcun accenno di un abito azzurro o di capelli color del grano. «Quella donna è un pericolo e ha bisogno di qualcuno che la tenga d'occhio.» Gli rivolsi un'occhiata intensa. «Due persone, a dire il vero. La sposerai anche tu.»

Lui sgranò gli occhi sorpreso.

«Io sono malato, Jonah. Cuore debole.»

«Chi te l'ha detto?»

Spiegai della visita a casa del Dottor Bruin quando avevo avuto l'influenza estiva, ma invece di dirmi di restarmene a letto e di bere un sacco di tè, mi aveva detto che molto probabilmente avrei avuto un infarto.

«Non riesco a credere di avere già i giorni contati. Mi sento bene. Non ho intenzione di negarmi ciò che desidero solo perché un vecchio ciarlatano mi viene a dire che ho il cuore debole.» Era difficile ammetterlo, non avevo ancora accettato quella possibilità. In effetti, mi rifiutavo di crederci, per quanto mi rendesse ancora più determinato. «La sposerò, eccome, ma ha bisogno di due mariti.»

«Un matrimonio alla Bridgewater,» replicò lui con la sua solita indole calma e pacifica. Era amico degli uomini del Ranch di Bridgewater, conosceva le loro usanze, le loro ragioni. Aveva visto quanto bene funzionassero quelle relazioni.

Annuii. Avrebbe desiderato anche lui Tennessee. Stava venendo a conoscenza della sua natura impetuosa senza nemmeno averla mai vista. Una volta che vi avesse messo gli occhi addosso, però, una volta che il suo cazzo si fosse messo a pulsare alla sua sola vista, non avevo dubbi che avrebbe preso quel matrimonio con meno superficialità.

«È più giovane di Abel,» mi ricordò. Suo figlio aveva

vent'anni e Tennessee appena diciannove. «Sarei più un padre che un marito.»

Osservai il mio amico. Da quanto mi aveva raccontato, il suo matrimonio dopo la guerra non era stato un matrimonio d'amore, bensì di onore e dovere. Era stato breve, meno di un anno prima che fosse rimasto vedovo con un neonato. Non gli importava del gentil sesso, nemmeno vent'anni dopo.

«Il padre di Tennessee l'ha sfruttata per ottenere una ricca alleanza e lei si è mostrata d'accordo.» Gli raccontai brevemente come Tennessee avesse puntato gli occhi su Grimsby per via del suo enorme conto in banca. «L'uomo era stato più che feice dal momento che non vedeva l'ora di mettere le mani sui *suoi* soldi a propria volta. Quando si è scoperto che in realtà nessuno dei due possedeva nulla, si è passati ai ricatti e alle estorsioni. A lei servono ben più che parole gentili. È scaltra e subdola.» Mi portai la mano all'occhio come prova di quanto stavo dicendo. «Ci vogliono polso e disciplina.»

Mi prudevano le mani dalla voglia di sculacciarla. L'uccello mi pulsava dalla voglia di riempirla.

«Nonostante si sia trattato del volere di suo padre?»

Mi portai di nuovo la mano all'occhio, facendo una smorfia. «Non tutto quanto è stato suo volere.»

«E saremo noi a darglielo?»

Pensai a chiunque altro a parte me e Jonah che la toccava. «Cazzo, sì.»

Lui sollevò la testa per riflettere sulle mie parole. «È tutto molto bello, ma prima dobbiamo trovarla.»

Sospirando, mi accontentai del fatto che non avesse detto palesemente di no. Mi posai le mani sui fianchi, mentre osservavo la strada principale affollata. Dove si sarebbe nascosta una donna come Tennessee Bennett a Butte?

2

ENNESSEE

«Mettiti questo.» La donna mi cacciò in mano un abito color smeraldo. Aveva lo sguardo più intenso della maggior parte degli uomini trepidanti e mi studiava con occhio esperto. «Passa una notte a gambe aperte e ti guadagnerai tutti i soldi che ti servono per tornare a casa.»

Con almeno il doppio dei miei anni, era avvezza al modo in cui andava il mondo in maniere che non potevo nemmeno immaginare. Il suo abito scopriva più decolletè di quanto non ne mostrassi io con indosso solamente la biancheria intima, con gli enormi rigonfiamenti sopra il bustino basso che offrivano dei bei cuscini impossibili da non vedere per qualunque uomo voglioso.

Quel locale era un saloon, non un bordello, ma la cosa non sembrava avere importanza quando si trattava di... servire i minatori dopo una lunga giornata a scavare in cerca di rame sottoterra. In piedi in mezzo alla cucina, l'odore di cavolfiore bollito guastava l'aria. Un cinese stava rimestando una pentola fumante sul fuoco. O non capiva che cosa stessimo dicendo, o non gli importava: non ci stava prestando minimamente attenzione.

«È vero,» aggiunse una seconda donna, forse di un paio d'anni più grande di me. Seduta al tavolo rovinato, il cibo nel piatto che aveva di fronte era praticamente finito. Aveva i capelli rossi raccolti in alto sulla testa in maniera scomposta e indossava un indumento simile a quello che tenevo io in mano in quel momento, sebbene il suo fosse blu e avesse perso un po' di lucentezza. Così come lei. Il suo seno, per quanto non fosse ampio come quello della donna più anziana, fuoriusciva dal suo scollo audace. Dovetti immaginarmi che si stesse concedendo una pausa pranzo tardiva poichè era stata occupata al piano di sopra. Distolsi lo sguardo dal modo in cui i suoi capezzoli facevano capolino ogni volta che traeva un respiro profondo. «A loro piace una bella figa stretta. Fino a quando non sarai aperta come una delle miniere sulla collina, farai un sacco di soldi.»

Era chiaro che fossero entrambe lavoratrici, ma la donna più anziana sembrava al comando. Entrambe risero ed io feci una smorfia, sapendo che, per quanto stesse scherzando, stava dicendo la verità. Agli uomini non piaceva la merce usata. Io ero ben lungi dall'esserlo. Non ero mai nemmeno stata baciata, figuriamoci... tutto il resto. Le mie intenzioni in quel posto erano state fraintese ed io dovevo far cambiare loro modo di pensare.

«Non sono qui per *vendermi*.»

«C'è solo un ruolo per le donne che entrano dalla porta sul retro.»

Avrei voluto digrignare i denti frustrata. «Non sono entrata dalla *porta sul retro*. Sono passata dal saloon, ma sono stata mandata in cucina.» Indicai con un cenno del capo la parte anteriore del locale. «Voglio prendere parte ai giochi di carte, non... non fare quello.» Tenni l'abito di fronte a me con due dita. Non avevo idea di chi l'avesse indossato prima, ma potevo immginare le attività che si erano svolte mentre l'aveva avuto. Vendere il mio corpo non faceva parte del mio piano.

Il mio piano prevedeva racimolare abbastanza soldi per il treno diretto in North Dakota e salvare le mie sorelle, Virginia e Georgia. Il Signor Grimsby si era infuriato quando aveva scoperto il mio inganno, il fatto che non fossi davvero un'ereditiera ferroviaria come mio padre gli aveva fatto credere. Si era infuriato a tal punto che mi aveva fatto un occhio nero e aveva ucciso Papà, ed io ero diventata sua prigioniera fino a quando non fosse stato in grado di ottenere i soldi che si era aspettato da me. Sembrava che tutti avessero mentito, in quanto mentre il Signor Grimsby era sembrato ricco con la sua grande villa e il bell'abito, la sua miniera si era prosciugata e lui aveva cercato una moglie per riempirsi nuovamente le tasche. Mentre ero stata relegata sotto il suo stesso tetto, il Signor Grimsby aveva anche mandato uno dei suoi scagnozzi nel North Dakota per ferire le mie sorelle nel caso in cui non fossi riuscita a fornirgli dei soldi. Abigail, miracolosamente – e con una grande pistola – era venuta in mio soccorso, e il Signor Grimsby adesso si trovava dietro le sbarre per rapimento, estorsione e omicidio. Il suo uomo diretto a Fargo, però, non lo sapeva. Le mie sorelle sarebbero morte se io non le avessi salvate.

Georgia e Ginny non sapevano nulla delle intenzioni fallaci di Papà... né della sua morte.

«Poker,» dissi. «Sono qui per giocare a carte.»

«Poker!» La più anziana rise come se non avesse mai sentito una donna chiedere di unirsi agli uomini ai tavoli. «Non ti sarà permesso di partecipare ad una partita, qui.»

La musica metallica di un pianoforte ci raggiungeva dalle porte basculanti che separavano la cucina dal saloon principale. Per quanto non ci fosse il pienone, c'erano comunque uomini che bevevano e alcuni che giocavano a carte anche a quell'ora.

Mi accigliai. «E perchè mai no? Ne sono capace. Ci so fare. Sono qui per guadagnarmi dei soldi a poker, non... non in altri modi.»

Nonostante, alla fine, mio padre avese perso tutti i soldi di famiglia giocandoseli a carte, mi aveva insegnato il gioco del poker già in giovane età, l'abilità e la logica dietro le vincite. Non significava ottenere sempre una buona mano, ma con il talento di leggere gli altri giocatori, la capacità di bluffare e una buona dose di fortuna, avrei potuto vincere. L'avevo fatto alla scuola d'èlite, vincendo spesso i soldi puntati dalle altre ragazze. L'avrei fatto lì al saloon e sarei stata in grado di tornare a Fargo.

Qualcuno inarcò un sopracciglio scuro. «Ci sai fare? A me interessa quanto ci sai fare con un cazzo voglioso. Se non sei vergine, mi mangio la scarpa.» Mi scrutò. «Gli uomini non vedranno l'ora di rivendicare una figa vergine. Non ti serve saperci fare per allargare quelle cosce.»

Arrossii furiosamente, sentendo il calore salirmi nelle guance di fronte alla sua volgarità e al cenno d'assenso dell'altra donna. «Ci so fare *a carte*,» chiarii.

L'unico uomo che risvegliava il mio interesse nel farmi rivendicare la mia... *figa vergine* era James Carr. Sin dal primo momento in cui l'avevo visto, il giorno in cui ero arrivata alla scuola d'èlite quando lui vi aveva portato sua sorella, Abigail, mi aveva fatto battere forte il cuore. Indurire i capezzoli. E più in basso, tra le mie cosce... avevo sentito pulsare. Non avevo mai detto nulla di tutto questo ad Abigail, dal momento che sarebbe stato quantomeno imbarazzante per lei sapere che avevo desiderato e sognato suo fratello – e non ci eravamo nemmeno presentati! No, io avevo tentuo il mio interesse per lui un segreto. Il *mio* segreto, perfino quando

La sposa indisciplinata

mio padre mi aveva spinta a fare incontri vantaggiosi, ma vuoti.

Come Abigail aveva detto al Signor Grimsby, i Carrs non avevano soldi, loro avevano terreni. Potevano aver racimolato quel tanto che bastava per mandarla alla scuola d'èlite, ma possedevano mucche, non denaro contante. Una mucca non poteva fornirmi i soldi necessari a salvare le mie sorelle.

Ricco o meno, mi chiedevo ora come avessi mai fatto a trovare James Carr attraente. Era prepotente e autoritario ed estremamente irritante. Il fatto che fosse alto e con le spalle ampie, ben muscoloso e che avesse gli occhi scuri più adorabili che avessi mai visto lo rendeva ancora più snervante. Mi prudevano le dita dalla voglia di passargliele tra i suoi capelli color cioccolata, sentire la ruvidezza della sua barba contro il palmo. Inalare il suo profumo intenso. Il mio corpo aveva reagito al vederlo di nuovo, nonostante la mia spossatezza. Avevo perso la testa nel sentire il suo avambraccio muscoloso sotto il palmo della mano mentre mi conduceva lungo la strada. Il suo odore pulito e intenso. Non mi aveva nemmeno baciata ed io avrei avuto voglia che si fosse... approfittato di me.

Ero appena stata liberata dalla casa del Signor Grimsby, avevo avuto a che fare con lo sceriffo, avevo scoperto che Abigail si era sposata non con un uomo, ma con due, poi mi era stato presentato l'uomo più bello che avessi mai visto, l'uomo che avevo desiderato per due anni. Dopo tutto quello, non avrei dovuto quasi svenire per strada per via di James Carr, specialmente dal momento che mi aveva detto... *detto*, senza mezzi termini, che sarei tornata a casa con lui. Che l'avrei sposato. *Sposato*!

Nel profondo, inizialmente la sua ostinatezza mi aveva sollevata. Mi aveva offerto un luogo sicuro in cui andare e lui era il fratello di Abigail, il mio eroe, ed io ero la damigella in difficoltà di tutti quei romanzi dozzinali che avevamo letto tardi la sera a scuola. Nella vita vera, non era poi così esilarante perchè io ero stata la peggior eroina di sempre e avevo rovinato tutto. Avrei dovuto essere paziente invece che affrettata, avrei dovuto raccontargli le mie paure, le mie preoccupazioni. Mi fidavo di Abigail e avrei dovuto fidarmi di lui. Invece, l'avevo fatto picchiare.

James Carr sarebbe tornato al suo ranch e si sarebbe dimenticato anche solo della mia esistenza. Probabilmente era già a metà strada verso casa.

Ed era un bene, dal momento che io non potevo *sposarlo*. Mi servivano dei soldi, un lavoro, un marito ricco. *Qualcosa* così da poter salvare le mie sorelle.

Io non avevo nulla. Meno di nulla. Non avevo più un posto a scuola. Niente soldi. Nessun nome dal momento che mio padre l'aveva distrutto col suo giocare d'azzardo e con la propria morte. Eppure, lui mi voleva. Me! Ero un disastro ambulante. Non avevo alcuna ricchezza. Per quanto non fosse stata colpa mia, la mia famiglia era stata palesemente guidata da un cospiratore che si era fatto ammazzare. Avevo due sorelle nel North Dakota che dovevo salvare in qualche modo. Avevo messo *sua* sorella in pericolo. Per quanto avessi concluso la scuola d'èlite, non ero stata in grado di trovarmi un marito che rispondesse ai requisiti di mio padre durante gli anni di istruzione, nonostante la mia presunta bellezza ed educazione.

Quando James mi aveva detto che ci saremmo sposati.... *detto*, era stato irritante ed era stato per quello che avevo agito in maniera tanto irrazionale. James Carr non mi aveva dato scelta. Nessunissima opzione. Proprio come mio padre. Proprio come il Signor Grimsby.

Quella era una cosa che detestavo.

Perchè avrei dovuto passare da un maschio esigente all'altro? Le azioni di mio padre mi avevano praticamente

La sposa indisciplinata

costretta a fare la ruffiana. Non mi aveva mandata in cerca di amore; ero andata alla ricerca di un conto in banca. Un conto in banca che salvasse *lui* e le sue pessime decisioni. E adesso, perfino dalla tomba, stava influenzando le mie azioni. Dovevo salvare Ginny e Georgia.

Volevo disperatamente l'amore, dal momento che non ne avevo mai provato a casa. La mamma era morta quando io avevo sei anni, lasciando Papà con tre figlie. Io ero quella di mezzo. Non gli era importato di noi, dal momento che non eravamo maschi. Era stato abbastanza crudele da dire a Ginny, nonostante fosse lei la più grande, che io ero quella carina, quella che avrebbe mandato a scuola per trovare un marito. A parte essere stato apertamente crudele, il suo bere e giocare d'azzardo era peggiorato nel corso degli anni e aveva dovuto rimpinguare le tasche. La sua disperazione aveva raggiunto l'apice nello spedire me nella ricca città di Butte, sfruttando gli ultimi soldi per pagarmi la scuola d'élite. Quella città era famosa per le sue ricchezze derivate dal rame e, per questo, per gli uomini più ricchi al mondo che avrei potuto sposare.

L'amore era tanto impossibile? Ci si aspettava che una donna sposasse un uomo che non le offriva alcun affetto, alcun conforto?

Avevo detto a mio padre di James Carr, ma quando avevo accennato al fatto che fosse un rancher, lui non vi aveva mostrato alcun interesse. Mio padre mi aveva detto di aver bisogno di un marito ricco per me e come ottenerne uno. Avevo flirtato e avevo fatto la finta modesta, avevo fatto obbedientemente come voleva lui. Un uomo dopo l'altro. Il Signor Grimsby era la prova dei guai in cui mi aveva cacciata.

Lì, in quel saloon, mi ci ero cacciata con le mie mani. La donna di fronte a me sembrava avere dei piani riguardo alla mia verginità. L'unico modo in cui mi avrebbe permesso di restare sarebbe stato vendendola. Come aveva fatto mio padre, come aveva fatto anche James Carr, si aspettava che le obbedissi.

Scossi la testa. «No. Mi spiace. Si tratta di un errore.»

Lei mi guardò con un misto di noia e irritazione. «Non sei la prima donna nei guai a venire qui. Hanno imparato in fretta che non sono poi così al di sopra degli altri come pensavano.»

Per quanto comprendessi che stesse insinuando che mi credessi chissà chi, non mi importava. Ero disperata, ma non fino a quel punto. Le mie sorelle vivevano relativamente bene per grazia di una lontana cugina – meglio di quanto si potesse dire di me.

Scossi la testa. «Non ho intenzione di vendermi.» Lanciando un'occhiata alla donna a tavola che si limitò a scrollare le spalle di fronte alla mia affermazione, seppi che non sarei riuscita a diventare tanto indifferente quanto lei riguardo a certe cose. Gettai l'abito tra le braccia dell'altra donna e mi incamminai verso la porta sul retro, a passo rapido. Avevo commesso un terribile, *terribile* errore.

«Dove andrai?» mi chiese quella.

Mi fermai sulla porta aperta, voltandomi per guardarla da sopra la mia spalla. Non avevo risposta alla sua domanda. Avrei dovuto provare in un altro saloon – ce n'erano diversi a Butte – e sperare che non mi sarebbe stato negato l'accesso altrove. La prospettiva di andarmene con James Carr adesso mi sembrava abbondantemente invitante. Era un gentiluomo e, per quanto dominante, non mi avrebbe presa con la forza. Era stato generoso ed io gli avevo sbattuto quella generosità in faccia. No, l'avevo preso a *pugni* in faccia. L'enorme uomo con il barile poteva anche aver sferrato lui il colpo, ma era stata comunque colpa mia.

Avevo distrutto qualunque occasione avessi avuto con lui.

Con il primo uomo che mi avesse mai fatto provare... qualcosa.

Quando rimasi in silenzio, lei proseguì, «Conserverò l'abito per te. Tornerai.»

«No, non lo farà.»

Trasalii nel sentire quella voce profonda alle mie spalle. Voltandomi di scatto, andai a sbattere contro un corpo duro. Un corpo duro *grande*, alto e ampio. Delle grandi mani mi si posarono sulle spalle. Il mio cuore perse un battito ed io sollevai il mento per vedere di chi si trattasse.

James Carr con un occhio nero. Non c'era altra ragione perché James dovesse trovarsi sul retro di quel saloon. Era lì per me.

3

Jonah

Mentre cavalcavamo a nord verso il ranch dei Carr, lasciandoci Butte alle spalle, fui in grado di osservare la famigerata, e bellissima, Tennessee Bennett. Il paesaggio era spettacolare – il sole del tardo pomeriggio chiazzava la prateria ondulata e le montagne innevate in lontananza – ma io avevo occhi solamente per lei.

Avevo sentito la conversazione con le prostitute proprio come James. Se lui non l'avesse strappata alle grinfie di quella donna impaziente di guadagnare dei soldi con la verginità di Tennessee, l'avrei fatto io. Una volta fuori dal vicolo dietro il saloon, James ci aveva presentati e per quanto lei mi avesse scrutato, piegando indietro la testa per incrociare il mio sguardo dal momento che era tanto bassa, aveva sgranato gli occhi, ma era rimasta in silenzio.

Non aveva detto una sola parola, ma era sembrata

La sposa indisciplinata

sollevata dal trovarci al saloon a salvarla. Da ciò che aveva detto, era stata pronta ad andarsene dalla porta sul retro da sola, ma avere due uomini robusti a scortarla di nuovo in sicurezza doveva essere stato rassicurante. Una donna da sola nel Territorio del Montana. Non le era successo nulla a Butte dal momento che aveva camminato in mezzo a noi; restare vigili nei confronti di possibili minacce alla sua persona sarebbe stato estenuante altrimenti.

Adesso, la piccola donna che aveva spesso rapito l'attenzione del mio vicino di casa – e il suo cazzo impaziente – era seduta in braccio a lui, con la schiena dritta come un fuso. Dal momento che io cavalcavao accanto a loro, dovetti immaginare che fosse indolenzita e piuttosto scomoda dal tenersi in tale posizione per più di un'ora. Mi si incurvarono le labbra verso l'alto nel vederla così, dal momento che non ero sicuro se avesse paura di venire a contatto tanto intimamente con un uomo nel caso in cui si fosse rilassata, o se ce l'avesse con James e stesse cercando di fare la sostenuta. A giudicare dal livido scuro che si stava formando attorno all'occhio di James, immaginai che fosse più che altro l'ultima opzione.

A giudicare dal suo aspetto, tutta modesta e contenuta, era decisamente innocente. Nessun uomo si era infilato sotto quell'abito. Diamine, dovetti chiedermi se si fosse mai seduta in grembo ad un uomo prima di quel momento. Ah, forse era seduta in maniera tanto composta perchè non poteva non notare il cazzo di James che le premeva contro, indubbiamente duro come una roccia per via del suo delizioso culo che ondeggiava seguendo i movimenti del cavallo.

Era chiaro, adesso, perché James fosse stato tanto affascinato da lei. No, non affascinato. *Ossessionato*.

Aveva parlato di lei come un giovane disperato. Parlava dei suoi capelli... oro filato alla luce del sole. Parlava della sua femminilità... piccola e piuttosto formosa. Parlava del suo sorriso... non gliene avevo visto uno sulle labbra. *Non ancora.* Parlava della sua natura impetuosa. Per quanto si fosse calmata da quando l'avevamo tirata fuori da quello squallido saloon, era chiaro che si stesse trattenendo. Forse era perchè si era resa conto di quanto fosse andata vicino al prostituirsi. O il fatto che fosse stata salvata da un pazzo, entrambe le cose nello *stesso giorno*.

Il solo pensiero di quelo che aveva fatto... o quasi fatto a se stessa mi fece digrignare i denti. Grimsby avrebbe potuto metterle le mani addosso, ucciderla, o perfino entrambe le cose. E poi c'era stata la sua visita al saloon. Cazzo. Non potevo mantenere la mia sanità mentale nel pensare a sudici minatori impazienti di infilarsi tra le sue cosce.

Quando James aveva borbottato qualcosa riguardo il suo aver bisogno di qualcuno che la tenesse d'occhio, mi ero divertito, non avevo pensato che dicesse sul serio. Al solo guardarla così piccola e silenziosa in braccio a lui, nessuno avrebbe pensato che fosse tanto impetuosa. A giudicare da ciò che aveva raccontato James del bastardo che l'aveva trattenuta contro il suo volere, però, aspettandosi un *riscatto* in cambio della sua vita... forse aveva davvero bisogno di qualcuno che la guidasse. Un polso fermo che la tenesse al sicuro. O due. Non poteva essere una persona qualunque a prendersi cura di lei. Non esisteva proprio, cazzo.

James aveva avuto ragione. Avevo avuto solamente bisogno di vederla e la desideravo. Era bellissima, questo era certo, ma era anche bella risoluta, a giudicare dall'occhio nero di James. Sì, l'avrei sposata assieme a lui. Sarebbe stata legalmente sua, la Signora James Carr, ma l'avrei rivendicata anch'io, contento dell'usanza di Bridgewater. dopo due decenni, lo sentivo. Lo *volevo*. Un legame, un desiderio di possesso. Sarebbe stata mia.

Non ero andato in cerca di moglie. Ero un vedovo

convinto da quelle parti con un figlio adulto. All'età di vent'anni, ero stato legato in un matrimonio onorevole, ma privo d'amore. Ero uscito con Victoria due volte, solo per poi sentirla annunciare che era incinta. Non l'avevo ancora baciata, figuriamoci scopata. Avrei potuto dire che non era mio, il che sarebbe stata la verità, ma nessuno mi avrebbe creduto. Mi avrebbero visto come uno che rifuggiva alle proprie responsabilità, lasciando una donna nubile macchiata dopo aver placato il mio desiderio. Mi ero ritrovato davvero in trappola.

E così ci eravamo sposati. Io non l'avevo amata, e dopo aver pronunciato i voti, non avevamo mai condiviso il letto. Si era trattato solamente di darle il mio nome. Per quanto non avessi desiderato che morisse di parto, ero stato liberato dai miei obblighi, ma mi era rimasto un neonato. Un figlio che avevo cresciuto come mio.

Non ero vecchio nè con un piede nella fossa, avevo solamente quarant'anni, ma in tutto quel tempo, nessuna donna aveva catturato abbastanza il mio interesse da ammaliarmi. Non ero stato nemmeno un monaco, ma una rapida rotolata sotto le lenzuola non giustificava un prete e un anello. Eppure, l'insistenza di James nel mio sposare a mia volta Tennessee aveva modificato il mio punto di vista. Quella donna non sarebbe stata mia unica responsabilità. James sarebbe stato in grado di offrirle ciò che non potevo darle io, magari una profondità d'amore che io non avevo dentro di me. Non sarei stato un marito assente. Sarei stato premuroso, protettivo e, vedendola adesso, piuttosto possessivo.

Il dottore aveva detto a James che era malato, che il suo cuore era difettoso. Non lo si sarebbe mai detto a guardarlo, pieno di vita e di vigore. Dovetti chiedermi se il vecchio dottore non avesse commesso uno sbaglio. La sua morte era imminente? La mia? Il Territorio del Montana non offriva alcuna certezza di salvezza. Ciò che sapevo era che avremmo protetto Tennessee, forse perfino da se stessa.

Conoscevo bene i nostri vicini di Bridgewater, gli inglesi e gli scozzesi che avevano prestato servizio nel piccolo paese del Mohamir dove gli uomini, solitamente due e tre, sposavano una donna insieme. Non era per necessità loro, ma sua. Dalle storie che ci avevano raccontato, il Mohamir era un paese selvaggio e avere due mariti garantiva che la moglie fosse sempre protetta e custodita. Il Territorio del Montana era altrettanto selvaggio e c'erano le stesse preoccupazioni nei riguardi di una moglie.

Kane, Ian, Mason, MacPherson e tutti gli altri al Ranch di Bridgewater – e nella zona circostante – stravedevano per le loro mogli e si prendevano cura di loro. Erano il centro delle loro famiglie, del loro mondo. Erano dei progressisti e il loro esempio si stava diffondendo oltre i confini della loro proprietà. Altri nella zona, come me e James, avrebbero rivendicato una donna insieme, avrebbero seguito la credenza che la loro donna venisse prima di qualsiasi altra cosa. Le sue necessità, che si trattasse di un culo bello rosso o di una figa ben soddisfatta – magari entrambe le cose – sarebbero state soddisfatte.

Avere una donna che mi scaldasse il letto, che soddisfasse i miei bisogni e mi svuotasse frequentemente i testicoli aveva il suo fascino. E lanciando un'altra occhiata a Tennessee, seppi che non sarebbe stato difficile e che me lo sarei goduto per il resto della mia vita. Mi sarei assicurato che fosse anche lei ben soddisfatta. Potevo fare il gentiluomo e non scoparmela fino a quando non ci fossimo sposati, ma ciò non mi impediva di covare pensieri più oscuri. Ciò che volevo fare a lei. *Con* lei. Dovetti spostarmi sulla sella perchè il mio cazzo era impaziente di averla.

Sì, ci saremmo rivendicati Tennessee. Non avrei potuto permettere a nessun altro di averla. Poteva anche essere

La sposa indisciplinata

abbastanza giovane da essere mia figlia, ma mi attirava. L'avevo vista e avevo... *saputo*. Poichè quello che a me mancava da offrirle in quanto a profondo affetto, glielo avrebbe dato lui. Era la sistemazione perfetta e alleviava i timori di James. Io avrei potuto avere una sposa senza l'attaccamento emotivo che ero costretto a offrire per onore in un matrimonio "normale". Non ce la facevo. Ciò che aveva fatto Victoria mi aveva rovinato. Mi aveva rubato qualunque possibilita di amare.

E Tennessee? Avrebbe ottenuto due uomini che l'avrebbero apprezzata, protetta... e decisamente punita. Dopo ciò che aveva fatto già solo quel giorno, un uomo decisamente non sarebbe bastato per lei.

Sembrava che James la stesse pensando allo stesso modo, perchè si fermò sulla riva del ruscello che stavano seguendo, scese a terra e poi, tenendole le mani in vita, fece smontare Tennessee di sella.

«Perché ci fermiamo qui?» domandò lei, ravviandosi i capelli dal volto.

Io smontai e lasciai cadere le redini così che il cavallo potesse brucare l'erba o bere dell'acqua.

«Ho atteso fino a quando non ci siamo trovati lontani da Butte per sculacciarti e non voglio che nessuno veda il tuo culo nudo una volta che ti avrò piegata sulle mie ginocchia,» replicò James.

Lei spalancò la bocca mentre lo fissava con gli occhi sgranati, per poi guardare me. «Avete intenzione di sculacciarmi?»

«Ti avevo avvertita prima che lo avrei fatto,» proseguì lui. «Da allora, mi sono beccato questo per colpa tua.» Si portò una mano all'occhio ormai circondato da un livido scuro. «E tu stavi per diventare l'ultima donnaccia di Butte.»

Lei assottigliò lo sguardo e si posò le mani sui fianchi. «Non avevo alcuna intenzione di diventare una... una donnaccia. Sono andata nel saloon per guadagnarmi dei soldi.»

«Esattamente. Nonostante tu sia vergine, dovresti sapere che una donna in un saloon se li guadagna a gambe aperte,» aggiunsi io.

Lei mi guardò stringendo le labbra. Oltre alle presentazioni di base, quella era la prima volta che facevamo effettivamente conversazione.

«Ero lì per giocare a carte e *solamente* a carte,» chiarì, incrociando le braccia al petto. Questo, ovviamente, attirò la mia attenzione su quei morbidi rigonfiamenti. «Non è colpa mia se le signore là si sono confuse. E poi, me ne stavo andando quando voi due vi siete presentati. Non avevo alcuna intenzione di restare.»

«Dove saresti andata dopo?» aggiunse James.

«Un altro saloon, immagino?» chiesi io, quando lei rimase in silenzio.

Lei arrossì, ma strinse le labbra.

James sospirò e andò verso una grande roccia accanto al bordo del ruscello e vi si sedette. Si picchiettò la coscia. «Facciamola finita, così poi possiamo andarcene a casa.»

Tennessee indietreggiò di un passo, guardandosi attorno.

«Dove hai intenzione di andare?» le chiese lui. La città più vicina si trovava a due miglia di distanza.

Non poteva scappare. Non poteva ottenere la compassione di un altro uomo. Io non gliene stavo offrendo alcuna.

«Siete un bruto, James Carr, e non penso che Abigail sia veramente vostra sorella,» sbottò.

Io sospirai. Non saremmo arrivati da nessuna parte tanto in fretta. Mi avvicinai a lei, mi chinai in avanti e me la gettai in spalla. Era leggera come una piuma, ma sembrava un derviscio rotante ed io la afferrai dietro le cosce per impedirle di scivolarmi giù.

Mentre lei strillava, io mi diressi verso la roccia da cui James si era appena alzato. «Non si può negoziare. Potrai anche essere riuscita ad evitare le conseguenze con tuo padre a parole, ma con noi non funzionerà.»

«Voi *non* siete mio padre,» urlò lei.

Mi sedetti, mettendola giù così da averla in piedi dritta davanti a me e tra le mie gambe. Con una mano avvolta attorno alla sua vita sottile, la tenni ferma. Poiché era così bassa, ci trovavamo ad altezza sguardo. Era così bella, i suoi occhi erano dello stesso colore del cielo. La sua pelle era pallida, come se non fosse mai stata esposta al sole. Eppure la luce si rifletteva sui suoi capelli e li faceva sembrare oro filato, proprio come aveva sostenuto James.

Le sue azioni erano rognose, da bisbetica, avrei osato dire. Eppure, guardandola, vedevo molto di più. Una donna tenuta al sicuro dal peggio della società, solo per poi gettarla in pasto al pericolo da un padre che, chiaramente, non aveva avuto a cuore il suo interesse. Era sola e persa, alla deriva. Come un gatto selvatico, tirava fuori gli artigli e cercava di mordere anche la mano che voleva nutrirla.

Aveva bisogno di amore. Attenzione. Conforto. Ma anche delle conseguenze e delle regole che non aveva avuto quando era cresciuta.

«No, decisamente non lo sono,» risposi io, con voce tranquilla. Calma. La scrutai, riconoscendo una donna che si allontanava, forse spingeva via gli altri pur di mantenere al sicuro i propri sentimenti. Peccato. Sarebbe stata *molto* vulnerabile. «Ma forse te ne serve uno, uno che ti fornisca davvero la guida e l'attenzione, la devozione di cui hai bisogno per essere felice.»

«E sareste voi?» mi chiese con un po' di sfacciataggine. Ah sì, quella micina sapeva tirare fuori gli artigli, specialmente quando aveva paura.

Ero io? Lanciai un'occhiata a James, che annuì. Forse vide

che aveva bisogno di qualcosa che io sarei stato in grado di offrirle. Avrei potuto facilmente avere più o meno la stessa età di suo padre, dal momento che sapevo che aveva quasi vent'anni, proprio come Abel, mio figlio.

«Sì, Micina, sono io,» le dissi, stringendola leggermente. Sollevando una mano, le ravviai dietro l'orecchio un ricciolo che era sfuggito al suo nastrino. «Specialmente dal momento che sarò tuo marito.»

Lei spalancò gli occhi e sollevò lo sguardo su James, che ci stava osservando intensamente. Lui sogghignò e mi rivolse un cenno del capo, chiaramente contento del fatto che avessi accettato di rivendicarla assieme a lui.

«Cosa... cosa intendete? Pensavo... James ha detto-»

«Avremo un matrimonio alla Bridgewater,» rispose James, interrompendo le sue domande confuse. «Due uomini che sposano una donna. Jonah e io ti sposeremo. Come ha fatto Abigail con Gabe e Tucker, i suoi due uomini che hai conosciuto prima. Quelli che se la sono portata a casa e che, molto probabilmente, se la stanno sculacciando in questo preciso istante per la sua sconsideratezza nel venirti ad aiutare.»

«Come Abigail?»

James annuì, dal momento che io non li avevo ancora conosciuti.

«E volete ancora sposarmi? *Entrambi?*» Voltò la testa dall'uno all'altro. «Non me l'avete chiesto nè mi avete dato scelta,» protestò. «Nessuno dei due.»

Inarcai un sopracciglio nella sua direzione, dicendo silenziosamente a James, *Visto? Alle donne piace sentirselo chiedere.*

«E tu non hai riflettuto quando ti sei messa in pericolo,» replicai.

Con mani abili, la spostai facilmente in modo da metterla a faccia in giù sulle mie cosce, passando una gamba sopra le sue caviglie per immobilizzarla subito dopo. Le posai una mano tra le scapole. Sentii il suo calore, la sua morbidezza. Quanto fosse piccola. Fragile... Ma il modo in cui si opponeva... diamine, dimostrava che non era così delicata e non le serviva un tocco gentile. Letteralmente e metaforicamente.

Sciaff. Sciaff. «Non una, ma due volte. In quanto nostra moglie, la tua sicurezza non è opinabile. Se ti metti in pericolo, verrai punita. Il disagio che proverai nel sederti sarà un promemoria del disagio che abbiamo provato noi quando non sapevamo dove ti trovassi.» Mi interruppi per lasciarla riflettere. «Come hai detto tu, io non sono tuo padre, ma di sicuro a te serve una persona che assuma il controllo. In momenti come questo, però, quando ti piego sulle mie ginocchia, mi devi chiamare signore.»

Lei si irrigidì, pensandoci. Per un istante, un singolo secondo, pensai che avesse compreso i propri sbagli. Poi lei proseguì. «Signor Wells, ci siamo appena conosciuti. Tutto questo è inopportuno.»

Risi della nuova direzione che aveva preso il suo tentativo di distrarci – l'appropriatezza. *Adesso* faceva la modesta e la donna a modo quando le faceva comodo.

«Signor Wells!» esclamò, cercando di scendermi di dosso.

Abbassando una mano, io le afferrai l'orlo dell'abito e lo sollevai, scoprendo dapprima le sue gambe con indosso le calze, poi una piccola sezione di pelle pallida tra il fiocco che le teneva su e il cotone bianco delle mutande al di sopra. Per quanto le nuvole avanzassero ad oscurare il sole, l'aria era calda e non avrebbe sentito freddo.

Imprecai tra i denti e il mio cazzo si mise a pulsare a quella vista.

«Credo di aver detto che mi devi chiamare signore quando vieni punita.»

Le calai le mutande fino a sistemargliele attorno alle ginocchia, il suo culo nudo e rivolto verso l'alto.

Lei strillò nel sentirsi tanto vulnerabile, nel farsi vedere a quel modo per la prima volta da un uomo. Mi fermai. James si avvicinò per guardare meglio. Globi pallidi, pieni e rotondi. A forma di cuore e con la fessura nel mezzo che sapevo conduceva ai suoi tesori.

Le posai una mano su una natica e lei trasalì. Feci scivolare il palmo sulla pelle delicata, pelle che sapevo si sarebbe arrossata presto. Quando lei si calmò di nuovo, sollevai la mano e la abbassai di colpo. Non una sculacciata forte, ma abbastanza da pizzicare. Un preambolo.

Un'altra sculacciata, questa volta sull'altra natica piena. Un'altra, poi un'altra, fino a quando l'impronta della mia mano non ricoprì la maggior parte della sua pelle esposta.

«Signore!» gridò lei.

Cazzo. L'aveva fatto. Aveva detto "signore". Aveva riconosciuto di non avere il comando. Ce l'avevo io. E così in fretta. Mi uscì del liquido preseminale dall'uccello nel sentire quell'unica parola.

Continuai a sculacciarla, osservando la sua pelle morbida sobbalzare ad ogni colpo, fino a quando non prese a dimenarsi addosso a me, le sue gambe che si allargavano per via dello sforzo. Nessuno dei due poté non notare gli accenni del suo piccolo ano che ci faceva l'occhiolino, per poi rilassarsi man mano che lei irrigidiva e poi rilassava i muscoli. E al di sotto, le labbra della sua figa tutte rosee e gonfie, riuscivamo facilmente a vedere come luccicavano, ad indicare che la cosa le piaceva.

Dal momento che era la prima punizione che riceveva da parte nostra, la mantenemmo breve. Non la sculacciai abbastanza forte da fare altro che ottenere la sua attenzione e indolenzirle il culo per un pochino. Nemmeno tanto intensamente da farle venire le lacrime. Prendendo nel palmo il suo sedere caldo – e *molto* arrossato – la massaggiai, permettendole di placarsi dal momento che stava continuando ad agitarsi. La tranquillizzai. Nessun uomo l'aveva mai toccata a quel modo, ne ero sicuro. Il suo corpo sapeva istintivamente di volere che io spostassi la mano, che la facessi scivolare verso il basso sulla sua figa. Lo feci, sfiorandola con la punta delle dita sulle labbra gonfie, ricoprendomele della sua eccitazione appiccicosa.

«Bagnata,» dissi, poi gemetti. Era come seta, gocciolava ed era calda al tatto. «Potrà anche aver tirato fuori gli artigli prima, ma sembra che la nostra piccola micina faccia le fusa quando viene accarezzata nel modo giusto.»

Con la coda dell'occhio, vidi James sistemarselo nei pantaloni.

Tennessee trasalì, poi gemette quando mle ie dita trovarono il suo clitoride duro. «Questo è... non dovreste... non fermatevi... oh santo cielo. Signor Wells,» mormorò. Quando io fermai la mano, lei mi guardò da sopra la spalla. Aveva le guance arrossate come il suo sedere. Gli occhi annebbiati di un desiderio nuovo. Spinse i fianchi verso l'alto.

«Signore,» la incitai.

«Signore,» replicò lei senza fiato. «Cosa state.... io, è–»

«Ti è piaciuta la sculacciata,» le dissi, facendole scorrere le dita su ogni centimetro della figa, ma senza indugiare sul suo clitoride o affondare nella sua apertura vergine. Si trattava solamente di un... risveglio. «Questo ne fa parte.»

Lei scosse la testa, i capelli ormai del tutto sciolti, il nastro che giaceva a terra nell'erba sotto di lei. Nonostante ciò, sollevò i fianchi, cercando di sfregarsi contro la mia mano ad un ritmo di cui non era consapevole.

Riconobbi i segni. Era a un passo dal venire, con quei suoi piccoli ansiti e gemiti bisognosi, il modo in cui dimenava i fianchi.

Ritrassi la mano e la sollevai così da metterla nuovamente in piedi tra le mie gambe. Il suo abito ricadde al suo posto, ma non avevo fermato le sue mutandine e dovetti immaginare che adesso ce le avesse attorno alle caviglie. A giudicare dall'espressione sul volto di James quando prese ad avvicinarsi, avevo la sensazione che non le avrebbe indossate ancora a lungo. Mi portai le dita appiccicose alla bocca, leccandone via il suo desiderio. Dolce e speziato, proprio come lei.

Mi agitai, l'uccello che pulsava, le palle piene di seme solo per lei. Presto. «Le cattive ragazze vengono sculacciate,» dissi, la voce profonda per via dell'eccitazione. «Le brave ragazze, dopo, possono venire.»

Lei era una contraddizione, sottomessa per via della sculacciata, ma anche dell'eccitazione che le scorreva in corpo. Aveva i capelli scompigliati e arruffati attorno alla testa, le guance arrossate. Aveva l'aspetto di una donna ben soddisfatta. Senza dubbio la sua figa non vedeva l'ora di venire, i suoi fianchi continuavano a ondeggiare ancora adesso bisognosi di una scopata. Di trovare un soddisfacimento che non aveva mai ottenuto prima. In quel preciso istante, non se l'era guadagnato.

«Ma, ma io... ne ho bisogno.»

Repressi un gemito, desiderando sdraiarla sull'erba soffice sulla riva del ruscello e affondarle dentro. Guardarla prendersi un cazzo per la prima volta. Guardarla mentre James se la scopava, magari mettendola a quattro zampe, prendendola il più a fondo possibile.

«Sei una brava ragazza?» le chiese James, la voce profonda di desiderio. Anche lui era scosso, ma sapevamo entrambi che non era quello il momento di rivendicarla. «Hai attirato Abigail nella rete pericolosa del Signor Grimsby? Ti sei quasi venduta in un saloon? Mi hai fatto picchiare con le tue sceneggiate?» La lista era lunga.

La sposa indisciplinata

Lei si morse un labbro e annuì, le spalle che si afflosciavano mentre James si chinava per aiutarla a togliersi del tutto le mutande. Le conseguenze stavano diventando piuttosto chiare.

La feci indietreggiare così da potermi alzare, poi la condussi al mio cavallo e la aiutai a salirvi, montando in sella così da sedermi appena dietro di lei. Mi chinai e le mormorai, «Se fai la brava per il resto del viaggio, soddisferò la tua figa.»

Lei si agitò ed io le avvolsi un braccio attorno alla vita, stringendola a me. Il mio avambraccio poggiava appena sotto i suoi seni, la sua schiena premuta forte contro il mio petto. Senza dubbio sentiva il mio uccello duro premerle alla base della spina dorsale. Si irrigidì. Sì, decisamente l'aveva sentito. Mentre cominciavamo a seguire il ruscello verso nord, cercai di trovare una posizione comoda. Non era l'unica ad aver bisogno di venire.

4

ENNESSEE

C'ERA QUALCOSA CHE NON ANDAVA IN ME. DI CERTO DOVEVA esserci qualcosa di sbagliato nella mia natura. Ero stata sculacciata da un uomo che conoscevo a malapena e per quanto mi avesse fatto male... mi ero anche sentita incredibilmente bene. Nessuna sculacciata avrebbe dovuto essere *bella*. In effetti, non avevo mai provato nulla di simile fino a quel momento. Lo sentivo ancora. Per quanto le natiche mi dolessero per via delle attenzioni del Signor Wells, era tra le mie cosce che si concentrava la mia attenzione in quel momento. Pulsava davvero. Non per via di un disagio, ma per una qualche necessità che non conoscevo. Una bramosia.

I movimenti del cavallo non mi aiutavano minimamente a placarmi. In effetti, sortivano l'effetto contrario. Quell'ondeggiare mi faceva spostare sulla sella, la mia... figa, come l'avevano chiamata loro, sfregava contro il cuoio. E, dietro di me, non potevo non notare la sensazione del corpo duro del Signor Wells. Perfino il suo braccio avvolto attorno alla mia vita per tenermi ferma.

A differenza di prima quando avevo cavalcato in braccio a James, ero stretta contro il Signor Wells. Non riuscivo a tenermi distaccata. Non volevo. Mi piaceva la sua presa, lo strano conforto che mi donava.

Ed ecco perché mi consideravo malfunzionante. Non avrei dovuto *volerlo* sentire contro la schiena. Non mi sarebbe dovuta piacere la sua mano aperta sul mio ventre, il suo mento che si scontrava con la mia testa. Aveva un bell'aspetto. Entrambi gli uomini lo avevano, in effetti. Indossavano entrambi dei semplici pantaloni e una camicia, degli stivali robusti e dei cappelli a tesa larga per bloccare la luce del sole. Non indossavano abiti eleganti e di qualità come gli uomini di Butte. Erano dei rancher, puri e semplici.

Le ragazze a scuola avrebbero ridacchiato e sarebbero svenute nel vederli. Erano abbastanza agli antipodi nell'aspetto, mentre James era scuro di capelli e di occhi, il Signor Wells era chiaro. Presupponevo che avesse una decina d'anni più di James, abbastanza vecchio forse da poter essere perfino mio padre.

Era per questo che mi sentivo confortata da lui? Lo guardavo come una donna che vedeva un uomo attraente – tutto spalle ampie e mascella squadrata, spessi capelli chiari con qualche striatura grigia, labbra piene, ma un sorriso gentile – ma pur desiderando qualcosa che poteva donarmi grazie alla sua età? Mio padre non mi aveva offerto alcun amore, alcun conforto. Era stato severo, ma non nel modo in cui lo era il Signor Wells. Mio padre non mi aveva mai messo le mani addosso per punizione, ma era stato spietato con le parole. Aveva elargito abusi verbali senza risparmiarsi. E mai una volta mi aveva abbracciata o consolata.

Le sue intenzioni erano state determinate. Motivate. Era

venuto presto in città con la scusa di partecipare al mio diploma, ma invece mi aveva sfruttata in maniera orribile, pronto a darmi in sposa all'uomo più ricco per risolvere i propri problemi. Io, intrappolata per il resto della mia vita con un uomo che non amavo solo perché mio padre potesse ripagare i propri debiti, riempirsi il conto in banca... e molto probabilmente svuotarlo di nuovo. O mi avrebbe abbandonata ad una vita solitaria e priva d'amore per non tornare mai più, oppure sarebbe tornato perchè avrebbe desiderato altro da me. Avrebbe voluto prosciugarmi, non nel corpo, ma decisamente nell'anima. Il mio cuore aveva smesso di provare affetto per lui molti anni prima.

Avevo la mente confusa. Avevo discusso con il Signor Wells, ma non potevo fare molto di più. Lui era molto più grande ed io non avrei potuto competere con la sua forza se avesse voluto piegarmi da solo sulle proprie ginocchia. Erano in due ad essere felici di vedermi punita, ma ripensandoci, non era davvero quello il motivo per cui mi ero sdraiata sulle cosce del Signor Wells. Loro non avevano ceduto, non si erano arresi ai miei capricci. Determinati, mi avevano inflitto la loro insoddisfazione, il loro dispiacere per le mie azioni. Avevano ragione, non avrei potuto fuggire. Ed ero stata cattiva. Dio, in che razza di casino mi ero cacciata. Più e più volte.

Mi guardai attorno. Non sarei potuta andare da nessuna parte da sola, non c'era altro che aperta prateria. Sapevo da quale direzione fossimo arrivati, ma non mi interessava tornare a Butte. Ringraziavo di essermi lasciata quell'infelice città alle spalle, ma era lì che c'era la possibilità di ottenere dei soldi. Un modo per andare a Fargo. Su un ranch nel bel mezzo del nulla, non avevo idea di come avrei aiutato Ginny e Georgia. Di certo, nessuno dei due uomini aveva abbastanza soldi da farmi arrivare nel North Dakota. Eppure,

La sposa indisciplinata

non avevo scelta ormai se non cavalcare con loro, proprio come non avevo avuto scelta nel chinarmi in grembo al Signor Wells.

Mi ero sentita impotente. Sovrastata. Mortificata quando mi aveva sollevato l'orlo dell'abito e sconvolta quando mi aveva scoperto le natiche. Nessun uomo mi aveva mai vista a quel modo. Due mi avevano posato gli occhi addosso. Eppure, io avevo volontariamente aperto le gambe, mi avevano vista dimenarmi, opporre resistenza, poi fermarmi. Sottomettermi.

Mi portai una mano al volto per l'imbarazzo, in quel momento, forse un'ora più tardi. Farmi sculacciare riuscivo a concepirlo mentalmente, dal momento che ero stata piuttosto orribile con James, ma avevo permesso al Signor Wells di toccarmi. *Lì*. In qualche modo l'avevo desiderato. Ne avevo avuto bisogno. E avevo aperto le cosce per lui, implorandolo silenziosamente di farlo.

Come avevo fatto a saperlo? Come aveva fatto il mio corpo a capire di cosa avesse bisogno? Che cosa desiderasse ancora, mi meravigliai, dal momento che il mio corpo sembrava un'entità separata dalla mia mente. Mi agitai sulla sella, cercando di alleviare quella sensazione pulsante che non voleva andarsene.

«Senti il mio cazzo duro premerti contro la schiena?» mi chiese il Signor Wells. La sua voce fu abbastanza alta che James voltò la testa, guardandomi in attesa della mia risposta.

Sentivo eccome quanto ce l'avesse duro. Quanto fosse grande. Ovunque. Non risposi, dal momento che sapeva che non potevo non notare la sua erezione insistente.

«Sei stata tu a farmi questo. A farmelo venire duro. Ci potrei battere un chiodo.» Aveva la voce gentile, ma profonda e burbera.

Fui attraversata da un brivido, dal momento che non ero

l'unica cui la cosa aveva fatto effetto. Tuttavia, le sue parole erano una brutta cosa?

«Io... non volevo,» risposi, leccandomi le labbra. «Avete intenzione di sculacciarmi di nuovo?»

«Per avercelo fatto venire duro?» le chiese James, agitandosi sulla sella. Abbassò una mano e si strinse l'erezione. Quando la lasciò andare, non potei non notarne il rigonfiamento nei suoi pantaloni, lungo e spesso come un ramo che puntava verso l'alto. Doveva essere largo quanto il mio polso. Mi si contrasse la figa a quella vista. E nel sentire il Signor Wells. Immaginai che dovesse avere proporzioni simili. Oddio.

«Sospetto che ce lo farai venire duro sempre. Pensi di essere una cattiva ragazza perchè sei esattamente ciò che desideriamo?» mormorò il Signor Wells, i suo fianchi che si spostavano e mi spingevano in avanti. Non fece che far premere con più forza la mia figa contro la sella.

«Devo esserlo. Non dovrei essere così. Provare certe cose. Pulsare di desiderio.» Non avrei dovuto provare *nulla* per quegli uomini. Non potevo stare con loro, sposarli. Dovevo andarmene ed era tutto ciò su cui mi sarei dovuta concentrare. Ma non potevo. La mia attenzione ricadeva sul mio corpo e su ciò che quei due uomini mi facevano provare. «Forse avreste dovuto lasciarmi al saloon.»

«Oh no, Micina.» Ondeggiò di nuovo i fianchi, il che fece spostare i miei. Sussultai a quella sensazione, al calore che mi attraversò il corpo. «Non c'è nulla di sbagliato in te. Sei eccitata. Il tuo corpo desidera farsi scopare da me e James, venire. Non dubitare, non proveresti la stessa cosa per gli uomini che ti salirebbero sopra e ti monterebbero per pochi spiccioli a Butte.»

«Visto?» dissi, voltandomi per guardarlo da sopra la spalla mentre cominciavo a muovere i fianchi seguendo il ritmo dei Signor Wells. Il suo volto era così vicino che riuscivo a vedere i peli chiari della sua barba sulla mandibola, la pienezza delle sue labbra. L'azzurro dei suoi occhi. Mi leccai di nuovo le labbra. «Questo è sbagliato. Sono una donnaccia. Non dovrei essere così.»

«Sì che dovresti, invece,» replicò James, tirandosi su il cappello. «Solo con noi, però. Siamo noi i tuoi uomini e, presto, i tuoi mariti.»

Oddio. Mariti. Mi ricordavo di aver visto Abigail con i suoi uomini fuori dalla casa del Signor Grimsby. Non era sembrata sconvolta dall'idea. Tutto l'opposto, in effetti. Li aveva guardati con amore. Desiderio. Una disperazione quasi irrequieta, persino quando uno di loro aveva accennato allo sculacciarla una volta che fossero tornati a casa. I suoi uomini l'avrebbero fatta sentire come mi sentivo io in quel momento? Sbagliavo a pensarla a quel modo?

Afferrai il pomello di fronte a me mentre cominciavo a muovermi, le mie cosce larghe a cavallo della sella. Non potevo fermare le sensazioni e per quanto non fossi certa che fossero giuste o sbagliate, *dovevo* muovermi. Dovevo fare *qualcosa*. Col Signor Wells premuto contro di me, i miei movimenti erano limitati. Non sapevo cosa fare nello specifico, come spostarmi per permettere a quelle sensazioni di scorrermi in corpo, quelle che il Signor Wells aveva risvegliato mentre mi ero trovata piegata sulle sue ginocchia.

Le sue dita erano scivolate dalle mie natiche in mezzo alle mie gambe, mi avevano toccata, mi erano passate addosso in una maniera che avrebbe dovuto essere inappropriata, ma che era stata... lasciva. Eccitante. Incredibile. Non avevo idea che il tocco di un uomo potesse farmi perdere la testa. Aveva detto che *le brave ragazze possono venire*. Non sapevo cosa volesse dire "venire", ma volevo farlo disperatamente. Volevo essere una brava ragazza. La *loro* brava ragazza.

«Vi prego,» piagnucolai. Avevo la fronte imperlata di sudore nonostante ormai ci fossero delle spesse nuvole ad oscurare il sole. Avrei dovuto sentirmi rinfrescata dalla brezza leggera, ma era come se avessi avuto un fuoco a divamparmi dentro.

Il Signor Wells strinse la presa. «Ssh,» mi canticchiò all'orecchio. «Ti allevierò quel fastidio.»

La sua mano si insinuò sotto il mio abito, l'orlo arrotolato attorno alla mia vita dal momento che non ero seduta all'amazzone. James mi aveva tolto le mutande dopo la mia sculacciata e non me le aveva ridate, per cui la mano del Signor Wells mi scivolò lungo la coscia nuda e fino in mezzo alle gambe dove ero scoperta.

«Oh!» esclamai, poichè l'ondeggiare del cavallo e la pressione del suo palmo contro di me avevano reso molto più intense quelle sensazioni.

«Ondeggia i fianchi. Brava, così.» Mi spiegò come muovermi, mi aiutò perfino con il braccio che mi teneva avvolto intorno. Su, giù, perfino in piccoli cerchi. Mi premetti contro la sua mano. C'era un punto che pulsava, forte, fremeva con crescente desiderio, ma la mia apertura, il punto in cui sapevo che avrei dovuto prendermi un cazzo per fare un figlio – quella vaga nozione l'avevo imparata da una lezione coniugale alla scuola d'èlite – bramava essere riempita.

Mi sollevai e cercai di infilarmi dentro un dito, ma mi fu negato.

«Vi prego, ne ho *bisogno*,» praticamente supplicai, voltandomi per sollevare lo sguardo su di lui.

«Puoi sfregarti sulla mia mano, far scorrere quel piccolo clitoride duro contro il mio palmo,» mi rispose lui. Riconobbi il timbro più profondo della sua voce. «Puoi anche gocciolarmi su tutte le dita. Ma riempire quel buco

La sposa indisciplinata

vergine spetta a James. La prima cosa che ci entrerà sarà il suo cazzo.»

«Esatto,» disse James. Si era avvicinato ulteriormente per cui le nostre gambe si scontrarono mentre i cavalli proseguivano il loro cammino, incuranti di cosa stesse accadendo. «Aprirò io quella figa, Tennessee. Mi prenderò quella verginità col mio cazzo e la farò mia.»

«Sì, oh sì,» concordai, ondeggiando ancora di più i fianchi contro il palmo del Signor Wells. Lo volevo, mi immaginavo qualcosa di grande e di spesso che mi riempiva.

Ciò che stavo facendo era bellissimo, ma sapevo che in qualche modo sarebbe stato solamente meglio col cazzo di un uomo.

«Cavalca la mano di Jonah,» mi intimò James. «Ecco. Che ragazza avida, che ti prendi il tuo piacere a quel modo. Qua fuori con noi a guardarti. Sfruttando lui per alleviare quella tua piccola figa calda e pulsante.»

Io chiusi gli occhi e strinsi il pomello con forza, muovendomi e inseguendo il piacere che stava aumentando. Il respiro si fece faticoso mentre muovevo i fianchi sempre più rapidamente. Ero persa, selvaggia, eppure in qualche modo mi sentivo al sicuro. Con il Signor Wells a circondarmi, con James che mi guardava, sapevo che non mi sarebbe successo nulla, che potevo farcela, potevo *sentire* tutto quello e lui non mi avrebbe lasciata andare.

Mi sollevai, mi abbassai, girai in tondo, ondeggiai, sfruttando la mano del Signor Wells per il mio piacere. Ancora e ancora fino a quando non mi ritrovai ad ansimare, a implorare che finisse, sperando che non dovesse fermarsi mai.

«Penso che sappiamo perchè si è cacciata in tutti quei guai. Una figa vogliosa rendere le ragazze *molto* irritabili. Non aveva un modo per sfogare tutto questo desiderio,» disse Jonah.

«Adesso ce l'ha,» replicò James.

«Non sei una cattiva ragazza, non è vero, Micina?» mi sussurrò Jonah all'orecchio. «Sei solamente una piccola selvaggia a cui serve un cazzo. Tanto cazzo.»

Io trasalii. Lo ero? Era questo che mi era mancato? Se così fosse stato, allora forse ero tutto ciò che avevano detto loro. «Sono... è così bello. Ho bisogno-»

«Sì, sappiamo di cosa hai bisogno, e te lo concederemo. Adesso. Sempre,» giurò James.

«Vieni, Micina,» disse il Signor Wells, premendomi il palmo contro la figa con più insistenza. «Lasciati andare. Arrenditi.»

Obbedii e lo feci, tutto il mio corpo che rabbrividiva di un piacere così intenso che urlai. Mi dimenai. I miei muscoli si contrassero ed io sentii un fiotto colarmi da in mezzo alle cosce. I capezzoli mi si indurirono e il corsetto che vi sfregava contro quasi mi fece male. il pizzicorio nel mio corpo era diventato calore. Ero persa, ma saldamente ancorata. Mi venivano mormorate parole all'orecchio, rassicurandomi e incitandomi a lasciarmi andare.

Io mi beai, gustai, assaporai le deliziose sensazioni e poi mi accasciai contro il Signor Wells, cercando di riprendere fiato. Non riuscivo ad aprire gli occhi e non riuscii a trattenere un sorriso.

Era *così* che funzionava tra un uomo e una donna?

Era stato *incredibile*, e l'avevamo fatto in sella ad un cavallo, completamente vestiti.

Ne volevo *ancora*. E ancora.

La sua mano mi scivolò via da in mezzo alle cosce ed io sospirai, bramando il suo ritorno.

I cavalli avanzavano a passo lento ed eventualmente io sollevai gli occhi su James, poi sul Signor Wells. Mi stavano osservando attentamente, entrambi con sguardo scuro. Ora sapevo cosa intendevano. Cosa volevano.

La sposa indisciplinata

Sentivo ancora lo spesso profilo dell'erezione del Signor Wells contro la mia schiena e riuscivo a vedere che quella di James era più grande di prima. Se provavano anche solo la metà di quello che provavo io, allora erano disperati. Irrequieti, perfino. Eppure, erano calmi. Determinati in così tante maniere.

Mi spostai meglio che potei per guardarli entrambi. «Era *quello* che mi mancava?» chiesi, esprimendo ad alta voce i miei pensieri.

Il Signor Wells sogghignò. «Non ti mancava prima perchè non avevi noi. Adesso ci hai e ti assicuro che ti faremo di nuovo sentire così.»

«E spesso,» aggiunse James, poi sollevò lo sguardo al cielo. Il vento aveva preso a soffiare ed io mi ravviai i capelli dietro un orecchio.

Avevo ancora la figa che formicolava, le membra arrendevoli e placide. Mi leccai le labbra, impaziente di avere dell'altro. Ero come una bambina che assaggiava una caramella per la prima volta. Una leccata non bastava. «Adesso. Lo voglio di nuovo. Di più. Ne ho bisogno.»

Sentii il Signor Wells ridacchiare. «Ragazzina avida.»

«Adesso dobbiamo cercare riparo. Sta arrivando un temporale.»

Mi avevano distratta dal cambiamento climatico, ma c'erano delle spesse nuvole scure ad appesantire il cielo. Il sole era sparito e il vento era brusco. Una tempesta. Ci trovavamo in aperta prateria, non era un luogo sicuro in cui trovarsi in caso di fulmini.

«Travis Point si trova più avanti. Andremo lì ad aspettare che passi.»

La mano del Signor Wells si strinse attorno alla mia vita mentre spronavano i cavalli ad accelerare il passo. «Forse posso pensare ad un paio di modi in cui passare il tempo.»

Per una volta, non discussi, non feci domande. Avrei

affrontato i miei problemi più tardi. Per il momento, sarei andata ovunque quei due mi avrebbero portata, sapendo che mi avrebbero tenuta al sicuro e mi avrebbero dato ciò che volevo. Dio, ciò di cui avevo *bisogno*. Se c'era qualcosa di altrettanto piacevole come ciò che avevo appena provato, per me andava bene.

5

 AMES

Il temporale del tardo pomeriggio si abbatté in fretta, come succedeva sempre. Di solito, io ero in sintonia con il cattivo tempo, ma Tennessee mi forniva decisamente una distrazione. E quando si era fatta venire per la prima volta, vederla quando aveva trovato l'orgasmo... avremmo potuto trovarci nel bel mezzo di una mandria di bufali inferociti e non me ne sarei nemmeno accorto.

Travis Point si trovava sull'altopiano e lo raggiungemmo non appena la pioggia cominciò a cadere. La chiesa, in fondo al viale principale, era l'edificio più vicino, per cui ci rifugiammo all'interno. L'unico rumore era la pioggia che batteva sul tetto, l'interno era caldo grazie al fatto che fosse rimasto al chiuso durante una giornata estiva.

Le finestre correvano su entrambi i lati dell'edificio, il tetto era a parabola, l'altare si trovava sul fondo dall'altro lato dell'ingresso. File di panche erano allineate lungo entrambi i lati della navata centrale. Quello spazio disadorno era sfruttato per le funzioni religiose, ma anche per le riunioni cittadine. Dal momento che non era Domenica e che era quasi ora di cena, eravamo gli unici occupanti.

Estrassi un fazzoletto dalla tasca e lo sollevai fino al mento di Tennessee asciugandole il volto. Eravamo bagnati e un po' inzaccherati, ma non l'avevo mai vista più bella di così. Aveva i capelli umidi che le scendevano lunghi sulla schiena, le guance arrossate per via della corsa fino all'edificio.

E del suo orgasmo.

Avevo l'uccello che mi pulsava nei pantaloni, i testicoli talmente pieni che mi facevano male dalla voglia di essere svuotati. Vederla sulle ginocchia di Jonah, osservare il suo culo pallido che ondeggiava per poi arrossarsi per via della sculacciata mi aveva fatto qualcosa. Jonah si era trovato d'accordo, proprio come avevo sospettato, con un matrimonio alla Bridgewater. La cosa mi sollevava. Non mi sentivo minimamente malato, ma le parole del dottore mi avevano spaventato a morte. Mi avevano fatto riflettere su ciò che volevo dalla vita. E in quel preciso istante, in attesa che il temporale finisse, volevo Tennessee. Con il suo volto sollevato verso il mio, non riuscii a resistere un istante di più. La baciai.

Cazzo, era così dolce.

Immaginai che fosse la sua prima volta, e l'idea mi fece fuoriuscire del liquido preseminale dall'uccello. Lei non rispose in maniera casta, non dopo il primo paio di secondi. Praticamente mi saltò addosso, stringendomi le braccia attorno al collo mentre le sue labbra morbide incontravano le mie.

Mi interruppi per un istante, scioccato, poi le afferrai le natiche e la tenni in braccio. Lei mi avvolse le gambe attorno

La sposa indisciplinata

alla vita e dovetti sorridere di fronte alla sua trepidazione. La risata di Jonah riecheggiò nello spazio ampio.

«Perchè ti sei fermato?» mormorò lei. «Non fermarti.»

Io la fissai negli occhi azzurri, ormai annebbiati di desiderio, e feci come mi aveva detto. La baciai ancora.

Per quanto avrebbe imparato che sarebbe stata lei ad obbedire a noi invece del contrario, non potevo negarle ciò che desiderava quella volta. Volevo posare la bocca sulla sua tanto quanto lo voleva lei.

I suoi seni morbidi erano premuti contro il mio petto, la sua figa contro il mio uccello. Gli strati di vestiti che avevamo addosso erano tutto ciò che mi separava dall'affondarle dentro.

Lei trasalì di fronte alle mie attenzioni più audaci ed io ne trassi vantaggio, rivendicandola del tutto con la lingua. La leccai, conobbi ogni centimetro della sua bocca, le dimostrai come sarebbe stato presto avere il mio cazzo dentro la figa.

Non lì, non in una chiesa vuota, con gli abiti bagnati di pioggia. Si meritava un letto. La mia futura moglie si meritava di essere scopata per la prima volta in un letto. Ciò non significava che volessi fermarmi, ma solo cambiare ciò che avremmo fatto. Avevo aspettato due anni per quello. *Due anni.*

Lei roteò i fianchi ed io grugnii. Lei gemette.

«La Micina impara in fretta,» commentò Jonah.

Sì, aveva imparato come lavorarsi il clitoride fino all'orgasmo.

Mi ritrassi, ravviandole i capelli dal volto con una carezza mentre con una mano continuavo a tenerle le natiche. Aveva le labbra gonfie e rosse, le guance arrossate, lo sguardo annebbiato. «James,» mormorò.

«Cosa c'è, Micina?» le chiesi, soddisfatto del soprannome che Jonah aveva scelto per lei.

«Di più.»

Cazzo, adoravo il modo in cui lo diceva. La sensazione che aveva, tutta calda e arrendevole tra le mie mani. Jonah aveva ragione, a quanto pareva. Una volta addomesticata la sua figa, hai addomesticato la donna.

Lui aveva avuto l'occasione di farla venire. Io avevo solamente guardato, diamine. Era stato perfino lui a sculacciarla. Entrambe erano state visioni spettacolari, ma l'idea di essere io a portarla all'orgasmo, di soddisfare le sue necessità insaziabili, era una sensazione potente. Ci feci voltare, incamminandomi verso l'ultima fila di panche. Rimettendo Tennessee in piedi, le posai le mani sulle spalle e la feci voltare in modo che mi desse la schiena.

Ciò che stavamo per fare forse era inappropriato per una chiesa, ma per me era sacro. Tutto ciò che facevamo era perfetto. Giusto.

«Chinati in avanti,» le dissi. Quando lei spalancò gli occhi sorpresa, io mi affrettai ad aggiungere, «Nessuna sculacciata. Ti darò il "di più" che desideri; fa' solo la brava ragazza e chinati su quella panca come ti ho detto.»

«Non hai intenzione di... slacciarti i pantaloni e infilarmelo dentro?»

Gemetti di fronte alle sue parole audaci, con una domanda che una vergine di solito non poneva. Lei arrossì e spostò lo sguardo da me a Jonah, che le fece l'occhiolino.

«Quella figa può essere nostra solamente una volta sposati. Fino ad allora, ti daremo piacere in altri modi.»

Apparentemente soddisfatta dalla risposta, lei fece come le avevo detto. Senza fare domande nè discutere, posò le mani sul sedile in legno duro della panca e si piegò in avanti con il ventre appoggiato allo schienale.

Le sollevai le gonne fino ad arrotolargliele in vita, i globi pallidi delle sue natiche ancora arrossati dalla sculacciata di prima. Non indossava le mutande: si trovavano nella mia bisaccia.

La sposa indisciplinata

Con un piede, le feci allargare le gambe e lei si ritrovò del tutto esposta al nostro sguardo. Le labbra gonfie e rosee, i riccioli chiari che facevano da guardia al tutto, la perla dura del suo clitoride, la sua eccitazione che le faceva luccicare le cosce, perfino la stretta rosetta del suo ano che un giorno avremmo rivendicato a sua volta.

Gemetti mentre inalavo il suo dolce profumo muschiato. Mi venne l'acquolina in bocca dalla voglia di assaggiarla.

Jonah si afferrò l'uccello attraverso i pantaloni e se lo accarezzò mentre si rifaceva gli occhi col modo stupendo in cui Tennessee si era sottomessa.

Mi inginocchiai a terra. Quando le posai le mani sull'interno coscia, lei trasalì. Il mio cazzo perse altro liquido preseminale per la necessità di alzarmi e infilarmi in quella figa stretta, allargarla fino a farmelo prendere tutto. Infrangere quella barriera che le impediva di essere completamente mia. Non riuscivo più a trattenermi dall'assaggiarla, avendo aspettato gli ultimi due anni per farlo.

Le posai la bocca addosso, il suo sapore che mi esplodeva sulla lingua. Lei alzò la testa e gridò sorpresa, poi, quando le passai la lingua sul clitoride, gemette. Mi aveva già colato la sua essenza sulla faccia. Avevo le labbra, il mento e perfino la punta del naso ricoperte del suo dolce miele.

Non ci andai piano, per quanto avrei voluto scoprire ogni singolo centimetro di lei con la mia bocca. Morivo dalla voglia di infilarle un dito dentro, sapendo che nessuno ci era mai stato, ma non era quello il luogo adatto. Né il momento. Avrei aspettato. Per quanto avessi la testa infilata tra le sue cosce, ero un uomo d'onore e avrei fatto la cosa giusta per lei attendendo. Tuttavia, lei non sapeva quanto sarebbe stato bello, come non fossimo come gli altri. Il mio cazzo sarebbe rimasto duro, mi avrebbero fatto male i testicoli, ma prima di tutto ci saremmo occupati di lei.

La portai rapidamente al limite, le sue grida di piacere che riecheggiavano contro le pareti. Era ancora sensibile dall'orgasmo che Jonah l'aveva aiutata a raggiungere in sella al cavallo – cazzo, era stato eccitante da morire – solo poco tempo prima. Era anche incredibilmente passionale e piuttosto insaziabile.

L'eccitazione le colò dalla figa in contrazione mentre veniva ed io la divorai tutta. La ripulii con leccate delicate una volta che fu sazia.

«Jonah, qua c'è una ragazza cattiva, piegata a novanta su una panca così che potessi divorarle la figa.»

Tennessee si rialzò e si voltò verso di me. il suo abito ricadde a terra, ma lei non sembrava imbarazzata. Sembrava soddisfatta e decisamente un po' spinta.

«Ti piace James che ripulisce quella figa bagnata e vogliosa?» le chiese Jonah. Se lo stava ancora menando attraverso i pantaloni e lei abbassò lo sguardo su quell'azione.

Mi ersi in tutta la mia altezza e lei guardò anche il rigonfiamento del mio uccello. Stavo davvero mettendo alla prova le cuciture del tessuto, dal momento che non ce l'avevo mai avuto così duro.

«Non sono l'unica ad essere vogliosa,» esalò lei. Sollevò quei suoi occhi azzurri su di me. «Mi hai dato piacere con la tua bocca. Funziona anche con te?»

Chiusi gli occhi e gemetti al solo pensiero di quelle labbra piene tese attorno a me. Annuii una volta e lei si affrettò a mettersi in ginocchio.

Cazzo.

Era venuta due volte nel giro di poco tempo eppure ne voleva ancora. Sì, la nostra micina era insaziabile e impaziente di soddisfarci.

Le sue piccole mani si sollevarono fino alla patta dei miei pantaloni ed io feci un passo indietro, non per allontanarmi, ma per appoggiarmi all'ultima panca. Avrei avuto bisogno di qualcosa a sorreggermi se lei avesse messo in pratica le sue palesi intenzioni.

Gattonò per seguirmi – come la brava micina che era – poi le sue mani si rimisero all'opera. «Cazzo,» ringhiai mentre apriva la patta e me lo tirava fuori. Il mio uccello si liberò, spesso e pesante, con del liquido che ne imperlava la punta, ricadendole nella mano.

Essendo inginocchiata, il mio cazzo le stava dritto davanti al viso, appena a pochi centimetri dalla sua bocca.

«Hai mai visto un cazzo prima d'ora?» le chiese Jonah, spostandosi per andarsi a mettere proprio accanto a lei. Si chinò così da parlarle all'orecchio.

Lei scosse la testa e mi fissò. Non ce l'avevo piccolo, affatto. La sua mano non nriusciva ad avvolgersi completamente attorno alla base. Ne fuoriuscì un fiotto di seme, colando lungo la punta larga, e lei trasalì.

«Leccalo via,» le disse Jonah. «È tutto per te.»

La sua piccola lingua rosa saettò fuori e catturò la goccia perlata. Io gemetti, i fianchi che si impennavano involontariamente.

Con gli occhi a mezz'asta, la osservai. Lei sollevò lo sguardo su di me, forse per vedere se fossi soddisfatto. Il solo vederla, in ginocchio di fronte a me, col mio cazzo in mano, mi fece ritrarre i testicoli.

Allungai una mano e le accarezzai i capelli.

«Apri bene e prendilo in bocca. Bene, così. Facci girare attorno al lingua come su un lecca-lecca,» le diede istruzioni Jonah. «Che brava ragazza che ti prendi il grande cazzo di James.»

Io e Jonah non avevamo mai fatto una cosa del genere, non avevamo mai rivedicato una donna insieme prima di allora. Non ci eravamo mai visti senza vestiti. Il nostro interesse comune era per Tennessee, nient'altro. Ecco perchè averlo che vedeva il mio uccello, averlo a guardare la nostra donna che me lo succhiava non mi dava fastidio. Erano la cavità e la dolce suzione della bocca di Tennessee che mi stavano portando al limite.

Lei gemette attorno a me ed io fui sul punto di venire. Ce l'avevo avuto duro per tutto il giorno, diamine, per due anni, e la sua bocca vergine sarebbe stata la mia rovina.

Jonah indietreggiò, appoggiandosi al muro per guardare la nostra donna che me lo succhiava come si doveva.

Non ci volle molto. Cazzo, fui come un giovane alla sua prima volta. «Sto per venire,» dissi, strattonandole i capelli, attirandola ancora un po' di più su di me. Lei sgranò gli occhi, ma mi restò addosso. «È tutto per te. Mandalo giù.»

La necessità di trovare l'orgasmo esplose e le mie palle si svuotarono, il seme che si riversava a fiotti dentro la sua bocca pronta ad accoglierlo. I miei fianchi si impennarono ed io ringhiai. Lei emise un buffo verso sorpreso di fronte al primo schizzo di seme, ma sentii la sua gola contrarsi mentre lo prendeva tutto, continuando a deglutire. Ce n'era tantissimo, come se l'avessi conservato per lei.

E l'avevo fatto.

Il piacere fu intenso, le ginocchia che si stringevano così da non farmi cadere a terra. Era possibile che avessi perso la vista per un istante, il mio cervello che si spegneva, come una lavagna che veniva ripulita. Se il mio cuore fosse stato debole come aveva detto il dotore, si sarebbe fermato. Ma sarebbe stato un modo incredibile di andarmene.

«Cazzo,» gemetti, accarezzandole la testa mentre finivo, l'ultima goccia di seme che le cadeva sulla lingua. Lei mi leccò come avevo fatto io con lei, ripulendomi il cazzo ancora duro di ogni traccia di seme residua. Se ne stava lì seduta, con lo sguardo sollevato verso di me, tutta dolce e... incredibile. La sua natura selvaggia e impetuosa di prima era stata rimpiazzata da un dolce appagamento. Le accarezzai i

La sposa indisciplinata

capelli, facendole scorrere le nocche lungo la guancia arrossata.

«E Jonah?» le chiesi. «In quanto nostra moglie, devi dare piacere ad entrambi.»

Lei voltò la testa verso di lui. Aveva l'uccelo fuori e se lo stava accarezzando. La sua posa era rilassata, appoggiato contro la parete, ma sapevo che non doveva esserlo affatto. I testicoli dovevano starlo uccidendo dal bisogno di essere svuotati.

Dentro a Tennessee.

Lei gattonò sul pavimento fino a lui, gli occhi fissi sulla mano che stava scivolando su e giù lungo l'erezione. «Signore?» chiese, con un piccolo sorrisetto malizioso sulle labbra.

«Cazzo,» mormorò lui, osservandola e reagendo a quella singola parola. A me stava di nuovo venendo duro nel vederla in azione, per il modo in cui si stava sottomettendo a lui. Ricacciai indietro il mio desiderio, infilandomi di nuovo l'uccello nei pantaloni. Toccava a Jonah, adesso.

Lei si fermò dritta di fronte a lui, si sollevò sulle ginocchia e posò la mano sopra la sua, imparando come gli piacesse essere accarezzato. La sua lingua saettò fuori, leccandogli la punta. La sola vista di lei che dava piacere a Jonah non avrei mai potuto dimenticarla.

La porta della chiesa si aprì, facendoci trasalire tutti quanti.

Mi raddrizzai da dove mi ero accasciato contro la panca, Tennessee si ritrasse da ciò che stava facendo. Solamente Jonah non reagì più di tanto all'improvvisa comparsa del ministro. L'uomo più anziano, che avevo conosciuto in varie occasioni durante il corso degli anni, entrò e assimilò la scena. La pioggia si riversava forte alle sue spalle, la tempesta per nulla passata là fuori.

Per quanto nè io nè Jonah avessimo alcun problema con

ciò che stavamo facendo, quell'uomo di Dio di sicuro ne avrebbe avuti. Jonah aveva il cazzo di fuori, duro e luccicante per via delle prime leccate della sua lingua, direttamente di fronte a Tennessee in ginocchio per terra.

«Reverendo, che cosa ci fate qui?» gli chiesi, avanzando e prendendo Tennessee per mano aiutandola mentre si affrettava ad alzarsi. Jonah mise via l'uccello, sistemandosi i pantaloni.

Era una domanda stupida, dal momento che si trattava della sua chiesa. Eravamo noi gli intrusi, ma ero sicuro che fossimo i benvenuti a ripararci dalla tempesta.

Era palese che ancora non riuscissi a pensare chiaramente dopo essermi svuotato le palle nella bocca trepidante di Tennessee. Jonah non aveva ancora spiccicato parola.

Il ministro era un uomo devoto, ma era anche concreto. Era avvezzo alle cose di mondo, all'asprezza del Territorio del Montana. Per quanto probabilmente non mi avrebbe condannato all'Inferno, decisamente si sarebbe preoccupato di fare in modo che Tennessee fosse trattata nel modo giusto.

Il che era stato il mio piano sin dall'inizio, ma non con Jonah. Cazzo, era stato Jonah a venire beccato con i pantaloni calati. Non io. Dubitavo che il ministro conoscesse l'usanza di Bridgewater e dubitavo che mi avrebbe creduto se così fosse stato.

Lanciai un'occhiata a Jonah, che offrì una piccola scrollata di spalle, ma era ben lungi dall'andare nel panico. Che altro avrebbe potuto fare? Tennessee teneva lo sguardo basso mentre si ripuliva la bocca col dorso della mano.

«James, che piacere vederti, nonostante in circostanze tanto... *insolite*. Jonah, anche voi. Stavo per dirvi che ero qui per lavorare al mio sermone per Domenica,» disse il ministro. «Ma dopo ciò cui ho appena assistito, immagino che la risposta sia ovvia. Jonah deve sposarsi.»

6

ENNESSEE

Mi fischiavano le orecchie per via dello sparo, nonostante me le fossi coperte istintivamente con le mani. Me ne stavo lì in piedi, a occhi spalancati, incredula. L'aveva ucciso. Non avevo mai visto una persona morta prima di allora, ma sapevo che mio padre non c'era più. Da un secondo all'altro. La ferita al centro del suo petto inizialmente aveva sanguinato, poi , quando il suo respiro affannato si era fermato, lo stesso era successo alla macchia rossa che si era estesa sulla sua camicia. I suoi occhi, azzurri come i miei, fissavano vuoti il soffitto.

«Vuoi essere la prossima?» mi chiese, voltando lo sguardo verso di me.

Avevo ritenuto il Signor Grimsby attraente. Inzialmente. Adesso, però, il suo aspetto fisico non riusciva a nascondere il male che c'era in lui.

Scossi la testa.

«Allora farai meglio a sperare che la tua amica sfregiata torni

in fretta, e con un sacco di soldi.» Fece cenno ad uno dei suoi uomini di raggiungerlo.

Ci trovavamo nel suo studio, pieno di ricchezze che si addicevano al proprietario di una miniera di rame. Era tutta un'illusione, proprio come mio padre aveva dipinto me. Lui era una menzogna, e anch'io lo ero stata. Non ero un'ereditiera ferroviaria. Non ero nemmeno un'ereditiera e basta.

«Va' a Fargo,» gli disse. «Trova Georgia e Virginia Bennett. Uccidile se non ricevi una somma da parte mia.»

Le sue parole mi spronarono ad agire. «Cosa? No!» urlai, avvicinandomi, per poi rendermi conto che non volevo trovarmi vicino a lui. «Le mie sorelle non hanno nulla a che vedere con questo.»

Lui piegò un angolo della bocca verso l'alto. «Adesso sì. Vai.» Rivolse quell'ultima parola al suo scagnozzo, che annuì per poi uscire dalla stanza.

Mi alzai a sedere di soprassalto, l'incubo ancora vivido, le parole del Signor Grimsby che mi riecheggiavano nella testa. Mi ero addormentata, ma non avevo idea di dove fossi, la stanza era illuminata solamente da un pallidissimo raggio di luna. Avevo la pelle madida di sudore, il cuore che mi batteva all'impazzata nel collo.

Non ero sola. Qualcuno accanto a me si agitò, mi posò una mano sul braccio. Urlai.

«Piano, micina,» disse una voce profonda.

Micina.

James. Era nel letto insieme a me.

Mi sovvenne tutto di botto. La fuga dal Signor Grimsby, il saloon a Butte, James e il Signor Wells. No, non il Signor Wells. *Jonah*, dal momento che l'avevo sposato.

Colta in ginocchio davanti a Jonah a fare... per l'amor del cielo, cose spinte, non avevamo avuto scelta se non sposarci. Era sempre stata loro intenzione, ma chiaramente quello aveva accelerato un tantino le cose.

La sposa indisciplinata

Ero a malapena stata in grado di guardare Jonah negli occhi, figuriamoci il ministro per avermi beccata a succhiargli il cazzo. Era stato più che mortificante! Avevo pensato alla sensazione di averlo contro la lingua, al suo sapore – diverso da quello di James – al suo spessore quando la porta si era aperta di scatto. Avevo avuto il gusto del seme di James sulla lingua, ma Jonah in bocca.

Ero stata tanto, tanto cattiva. Eppure, loro non mi avevano sculacciato per quello. Non mi avevano sgridata. Tutto l'opposto, in effetti. Mi avevano elogiata, mi avevano accarezzata come la micina di cui mi davano l'appellativo. Non mi ero mai sentita a quel modo. Come se avessimo avuto un legame che andava più a fondo, che era chiaramente più intimo di qualunque cosa avessi mai conosciuto in passato.

Ed io mi ci ero crogiolata. L'avevo gustato, così come il loro piacere per via delle mie azioni.

Fino a quando non era arrivato il ministro. A quel punto... a quel punto mi ero sposata. Avevo detto a James e Jonah che volevo che mi venisse *chiesto*. Le nostre azioni – le mie incluse, perchè ero stata altrettanto trepidante – l'avevano impedito. Eravamo sposati. Punto.

La cerimonia era stata breve e noi ce n'eravamo andati dalla chiesa non appena la pioggia aveva smesso di cadere. James mi avea tenuta in braccio per la cavalcata fino al suo ranch. James, non Jonah, dando prova del fatto che intendevano davvero essere entrambi miei mariti. Dovevo essermi addormentata durante il viaggio – era stata una giornata movimentata – e non mi ricordavo di essere arrivata, di essere stata portata a letto, nè che James si fosse infilato accanto a me.

Cercai di placare il mio respiro, di fermare il mio cuore impazzito mentre James mi attirava tra le braccia ed io mi ci rifugiavo felicemente. Mi aveva tenuta in braccio durante la cavalcata, ma questo era diverso. Ci trovavamo a letto e la sua presa non intendeva impedirmi di cadere da cavallo. Mi voleva tra le sue braccia. Mi stava offrendo conforto ed io lo accettai, come una pianta che assorbiva acqua dopo un periodo di siccità. Non riuscivo a ricordarmi dell'ultima volta in cui ero stata abbracciata e rassicurata. Era così bello, e sembrava che lo anelassi tanto quanto il loro tocco carnale.

Mi sentii improvvisamente in colpa per questo. Ero degna di quell'affetto? Avevo commesso così tanti errori, alcuni anche nei confronti di James stesso, e lui mi stava confortando. *Me*! la donna che l'aveva fatto prendere a pugni in faccia fino a fargli perdere i sensi. Quella che aveva voluto sposare, per poi finire col guardarla unirsi in matrimonio invece col suo amico.

Eppure, mi trovavo tra le sue braccia. Il suo desiderio nei miei confronti era incondizionato?

«Scusami,» dissi.

«Per avermi svegliato?»

Scossi la testa e sollevai il mento così da poterlo vedere. Faceva troppo buio per riuscire a scorgere più del suo profilo, ma sapevo che aveva un occhio nero. Gli presi la guancia nel palmo della mano. «Per questo. Io... non volevo che ti facessero del male.»

Lui sospirò. «Ammetto di aver agito in modo completamente sbagliato. Ora capisco perchè fossi diffidente.»

Non si scusò per la sculacciata: me l'ero meritata. Il piacere che mi avevano concesso subito dopo mi dimostrava che non erano semplicemente... cattivi. La loro punizione era stata meritata e in buona fede. L'orgasmo che ne era seguito era stato il loro modo, forse, di rimediare.

La porta della camera da letto si aprì con uno scricchiolio e il Signor Wells... *Jonah* comparve sulla soglia, interrompendo i miei pensieri. Teneva una lampada ad olio, la luce gialla che rischiarava la stanza, per quanto il sogno mi avesse lasciata con un sacco di ombre e di punti oscuri.

La camera era ampia, ma spartana. Il letto era in ottone, la coperta blu e verde scuro. Le pareti erano dipinte di bianco e sapevo, con le due finestre sul muro, che durante il giorno sarebbe stata luminosa. Non assomigliava affatto alla villa del Signor Grimsby. Questa era... semplice. Umile. Quasi spoglia.

«Ho sentito il grido. Stai bene?» chiese Jonah, facendo il giro del letto per venire a sedersi accanto a me dall'altro lato. Posò la lampada ad olio sul comodino e si voltò a guardarmi. Entrambi erano preoccupati per me.

Dio, mi ero sbagliata così tanto? Ero stata talmente plasmata dai desideri di mio padre che avevo perso traccia dei miei?

«Hai sognato tuo padre?» mi chiese James.

Io non lo corressi.

«Mi dispiace che sia stato ucciso,» aggiunse.

Ripensai a mio padre, a cosa avevo provato per la sua morte. «Mio padre era spinto dalla sua ossessione per il gioco d'azzardo. Era in debito di così tanti soldi. Mi vedeva solamente come un modo per sistemare i propri debiti.»

«Dandoti in sposa ad un uomo ricco,» disse Jonah.

«Sì, per soldi, non per affetto.» Incrociai il suo sguardo. «Come sapete bene, quel piano è finito in tragedia.» Nella mia mente, rividi il cadavere di mio padre disteso sul tappeto del Signor Grimsby. «Lui non mi voleva bene. Non l'ha mai fatto. Mi ha spedita alla scuola d'èlite per approfondire la mia educazione; era il suo tentativo di portarmi di fronte ai ricchi proprietari di miniere di rame. Mi dispiace che sia morto, ma sono contenta di essermi liberata di lui.»

«Ti ha usata malamente,» replicò James. «Se fosse ancora vivo, lo ucciderei io con le mie mani.»

Quelle parole, per quanto intrise di pericolo, in qualche modo mi scaldarono. James mi avrebbe protetta, perfino dal mio stesso padre. Mi sentivo... bene. Felice, perfino, per il conforto che mi forniva. Il fatto che se la prendesse per me. Per la prima volta, mi rendevo conto di quanto fossi contenta di averli al mio fianco. Ero al sicuro. Non mi trovavo più nella grande villa del Signor Grimsby. Non c'erano scagnozzi nell'ombra. Nessuno mi avrebbe assalita lì, non solo al Ranch dei Carr, ma tra James e Jonah.

«Sono sposata con te, per cui perchè... perchè mi trovo nel letto con James?» mi chiesi.

James si irrigidì per un istante, ma mi diede un bacio sulla testa, mi strinse. «Potrai anche essere legalmente sposata con Jonah, ma sei comunque mia. Io mi considero tuo marito nonostante sia stato lui a pronunciare i voti. In effetti, le nostre intenzioni erano che tu sposassi me, invece, ma sono venuto un paio di minuti troppo presto per garantire che accadesse. Per il ministro non aveva importanza che ci fosse ancora il mio seme sulla tua lingua o che ti fosse arrivato nel ventre, ma solo che avessi in bocca il cazzo di Jonah.»

Guardai Jonah, che non sembrava infastidito dal fatto che mi trovassi tra le braccia di James nonostante fosse stato lui a trovarsi in piedi di fronte ad un prete a ripetere il giuramento *finchè morte non ci separi*. Erano irremovibili sul fatto che appartenessi ad entrambi e il fatto che mi trovassi nel letto di James forse era il loro modo di dimostrarmelo. Mi ci sarei dovuta abituare, ad essere sposata con due uomini. *Sposata*. Era proprio ciò che aveva voluto Papà, che io mi sposassi. Tranne che per il fatto che loro non erano ricchi. Erano dei rancher. Non potevo chiedere loro dei soldi per andare a Fargo, quando molto probabilmente servivano per cibo e provviste. D'altronde, dopo quello che avevo fatto a James a Butte, dubitavano che mi avrebbero mai persa di vista, figuriamoci farmi viaggiare fin nel North Dakota. Mi avevano già vista cacciarmi in abbastanza brutte situazioni... in un giorno solo... dubitavo che mi avrebbero permesso di

La sposa indisciplinata

andare a rintracciare un uomo pericoloso che voleva uccidere le mie sorelle.

James mi passò una mano sulla schiena, il suo tocco gentile e quella carezza rassicurante. L'alba non era ancora sorta ed io mi trovavo a letto con i miei mariti. *Mariti!* Abbassai lo sguardo su me stessa.

«Perché sono ancora vestita?» chiesi, confusa.

Indossavo l'abito che avevo messo in casa del Signor Grimsby. Oh, erano successe così tante cose. Non c'era da meravigliarsi che avessi dormito tanto profondamente. Era perchè avevo saputo, nel profondo, di avere James accanto che ero riuscita a riposare davvero per la prima volta in una settimana?

«Non abbiamo consumato la nostra prima notte di nozze,» commentò James.

«Già, a uno sposo piace che la sua sposa sia sveglia quando vede il suo corpo per la prima volta per poi rivendicarla,» aggiunse Jonah.

Aveva... ossignore, aveva indosso solamente i pantaloni. Niente giacca, niente scarpe, niente camicia. Il suo fisico era snello, ma ben muscoloso. Aveva dei peli scuri sul petto che scendevano in una linea sottile che svaniva oltre l'orlo dei pantaloni. Aveva la patta aperta come se si fosse vestito in tutta fretta.

Non avevo mai visto un uomo vestito solo in parte prima di allora. Avevo visto entrambi i loro cazzi, li avevo presi in bocca, ma erano rimasti completamente vestiti per tutto il tempo.

Mi voltai per guardare James. Era sdraiato accanto a me, sollevato su un gomito, sia io che lui sopra le coperte. Anche lui indossava solamente i pantaloni. Dove Jonah era chiaro, James era scuro. I peli sulle sue braccia erano quasi neri in quella luce fioca, la sua pelle abbronzata. Erano dei rancher vigorosi. Cowboy. Conoscevo gli ordini severi di

Jonah, la sua sculacciata intensa, eppure il suo tocco era stato gentile quando mi aveva aiutata a raggiungere l'orgasmo.

Arrossii furiosamente al pensiero di quanto fossi stata lasciva. Avevo praticamente implorato che mi dessero di più. E loro me lo avevano concesso.

Non mi ero mai sentita a quel modo prima di allora, e non stavo parlando di quel piacere decadente. Mi sentivo... libera, come se quei due mi avessero fatto scattare qualcosa che non sapevo nemmeno di avere dentro di me. Non avevo pensato ai miei problemi, non avevo pensato a cosa fosse appropriato. Non avevo pensato a nulla a parte James e Jonah, arrendendomi ad ogni loro esigenza. E per quanto avessi resistito per tutto il giorno a tale vincolo, in questo caso, mi aveva dato potere.

Mi aveva liberata.

Non ci trovavamo più a Butte. O in una chiesa. Nessuno ci avrebbe interrotti. Entrambi avevano detto che non mi avrebbero rivendicata fino a quando non fossimo stati sposati. Ora lo eravamo.

Avevo immaginato come sarebbe stato con mio marito, come mi sarebbe salito sopra infilandosi dentro di me. A scuola, le mie amiche avevano sussurrato di come funzionasse, ma nessuna di noi ne aveva mai avuto davvero un'idea, sapevamo solamente che il membro di un uomo doveva entrare dentro la donna. Non si era accennato ai sentimenti. Non si era nemmeno usata la parola piacere.

Dopo le... attività del giorno prima, però, con James e Jonah, stare con un uomo era molto più di quanto mi fossi mai immaginata. Chiaramente, non lo si faceva solamente in un letto. Non lo si faceva sempre di notte, al buio. E per me, non lo si faceva solamente con un uomo.

Adesso era buio. Era ancora la mia notte di nozze. Non potevo dimenticarmi di come mi avessero fatta sentire, di che aspetto avessero avuto, di che versi avessero emesso, di come si fossero comportati.

Mi ricordavo come mi fossi presa il cazzo di James in bocca. La sensazione calda e dura del suo uccello contro la lingua, come fosse stato talmente grande che avevo dovuto spalancare la bocca. Il sapore muschiato, la grande quantità del suo seme salato che avevo dovuto ingoiare. Per quanto mi fossi trovata in ginocchio, le sue dita intrecciate tra i miei capelli a guidarmi a suo piacimento, ero stata io a fargli perdere il controllo. La calma trepidazione nello sguardo di Jonah mentre avevo fatto lo stesso fino a quando non eravamo stati interrotti.

Eravamo sposati. Potevamo fare le cose che avevamo già fatto e *anche* di più. Nessuno ci avrebbe fermati, nè avrebbe messo in dubbio la cosa o l'avrebbe ritenuta inappropriata o sbagliata. Non ero una donna facile.

No, ero una donna *sposata*. E per quanto quegli uomini non avessero i considerevoli conti in banca che mio padre aveva tanto cercato, avevano gentilezza. Onore. Se non fosse stato per Ginny e Georgia, i problemi finanziari non sarebbero nemmeno permasti.

Tuttavia, non potevo fare nulla per loro in quel momento.

Essere sposata non sarebbe cambiato. Era per sempre. *Per sempre*. Essere sposata con James e Jonah era poi così male? Loro erano gentili, per quanto severi. D'onore. Premurosi. Dolci. Bellissimi. Non potevo dimenticarlo. E mi desideravano. Palesemente. Completamente.

Abbassai lo sguardo sulla coperta di patchwork e mi morsi un labbro. «È... è ancora la nostra notte di nozze e... sono piuttosto sveglia, ora,» dissi.

Dal petto di James proruppe un verso che assomigliava terribilmente ad un ringhio. Lo guardai, gli occhi scuri, la mascella serrata. L'occhio nero lo faceva sembrare ancora più vigoroso e mi faceva sentire dannatamente in colpa. Jonah, tutto grande e grosso, si alzò e mi porse la mano. Quando la presi, mi aiutò ad alzarmi dal letto, mentre James accendeva l'altra lampada ad olio, rischiarando ulteriormente la stanza.

Avevo i piedi nudi, il pavimento in legno era fresco.

Abbassando lo sguardo, riuscii a vedere... oddio! La punta dell'uccello di Jonah, tutto duro e scuro, che faceva capolino dalla parte superore dei pantaloni larghi.

Trasalii e Jonah mi sollevò il mento con le dita. Abbassò lo sguardo su di me con quei suoi occhi azzurri e mi sorrise. Aveva un paio di rughe in viso, un accenno di grigio sulle tempie tra i capelli color grano, che mi ricordavano la nostra differenza di età. Lì, in quel momento, non aveva importanza. Io lo desideravo e non c'era dubbio sul fatto che anche lui non vedesse l'ora di avermi.

«Non imbarazzarti adesso, Micina,» mormorò, ricordandomi di quanto fossi stata audace prima. Le sue mani andarono ai bottoni in cima al mio abito, slacciandoli con calma uno per uno fino a quando il vestito non si aprì, il tessuto che mi scivolava lungo le spalle.

A quel punto si fermò, sedendosi sul bordo del letto. Le corde scricchiolarono sotto il suo peso. James si alzò a sedere così che si misero entrambi a guardarmi. Due uomini virili, bellissimi, i loro corpi ben definiti alla luce delle lampade. Capelli scompigliati, pelle tonica, cazzi duri. E tutti miei.

James sollevò il mento ed io non potei non notare il suo occhio nero. «Facci vedere, moglie. Vogliamo vedere ogni singolo centimetro di te.»

Le sue parole furono seducenti. Attraenti. Il modo in cui mi stava guardando era... inebriante. I capezzoli mi si indurirono sotto il corsetto, la figa... adesso sapevo che era bagnata perchè li bramava. Il mio cuore si scaldò e qualunque pensiero che non riguardasse quella stanza svanì.

Mi feci cadere l'abito giù da una spalla, poi dall'altra, facendomelo scivolare lungo le braccia. Mi si impigliò in vita ed io lo spinsi giù, lasciandolo cadere a terra. Al di sotto, indossavo un corsetto, la sottoveste, le calze. Non avevo idea dove fossero finite le mie mutande.

Jonah si slacciò i pantaloni, l'uccello che gli ricadeva in mano. Cominciò ad accarezzarselo, stringendovi il pugno attorno, dalla base fino alla punta mentre i suoi occhi scorrevano avidamente sul mio corpo.

Lo studiai, dagli avambracci muscolosi che si flettevano mentre se lo menava fino ai muscoli scolpiti del suo addome, i capezzoli piatti e rosei sul petto, la barba corta sul mento. Perfino i suoi capelli scompigliati. Quell'esame del corpo di Jonah mi distrasse da ciò che stavo facendo e armeggiai con i lacci del mio corsetto. Presto, però, riuscii ad aprirlo e cadde anche quello ai miei piedi. Avevo i capelli sciolti che mi ricadevano lunghi sulla schiena. La mia sottoveste era sottile, bianca e talmente fine da essere quasi trasparente. Non aveva significato nulla per me, prima di allora. Non dovevo guardare per sapere che avevo i capezzoli che premevano contro il tessuto, il loro disco più scuro palesemente visibile. Più in basso, ero certa che riuscissero a scorgere un accenno della mia figa.

Ero nervosa, dal momento che nessun uomo mi aveva mai posato gli occhi addosso a quel modo. Per quanto mi avessero già toccata in maniera intima, ero stata vestita. Quella era tutta un'altra cosa. Non mi stavo solamente prendendo il piacere – o la punizione – che loro mi stavano concedendo, ma stavo offrendo io qualcosa.

In una mossa audace, mi tolsi la sottoveste e la gettai a terra. Adesso ero nuda a parte le calze. Il cuore mi batteva forte contro il seno, il respiro mi usciva in piccoli ansiti. Ero in attesa.

Gli uomini si limitarono a fissare. E fissare. Perfino Jonah fermò il movimento della propria mano sul suo uccello.

«Cazzo,» sussurrò James. Finalmente, si mosse per

andarsi a sedere sul letto accanto a Jonah. Arricciò un dito, facendomi cenno di avvicinarmi.

Compii i due passi che ci separavano. Con loro seduti, avevo i seni all'altezza dei loro occhi.

James si schiarì la gola. «Sei fortunata, Micina, ad avere due mariti.»

«Oh?» Quel suono fu a malapena udibile, dal momento che riuscivo a sentire il loro odore cupo e virile, riuscivo a vedere i loro muscoli robusti, perfino la barba sulla loro mandibola.

«Due bocche a succhiarti i seni,» commentò James, prima di chinarsi in avanti e prendere un capezzolo tra le labbra.

Jonah lo seguì e la dolce suzione delle loro bocche mi fece gridare. La sensazione era diversa, mi leccavano in maniera diversa, ma era così carnale, così spinto, che mi dimenai. Non avevo idea che un uomo posasse la sua bocca lì. E succhiasse. Mordicchiasse. Strattonasse.

Le mie mani corsero alla loro testa, i loro capelli setosi che si impigliavano tra le mie dita.

«Non fermatevi!» esclamai mentre Jonah mi prendeva il seno con il palmo della mano.

Loro non risposero, si limitarono a continuare a... giocare. Sapevo come fosse un orgasmo, adesso, e non sarebbe arrivato grazie alle premurose attenzioni che stavano dedicando ai miei capezzoli. Ero eccitata, mi stavano spingendo verso il limite, ma non sarebbe bastato. No, non faceva che incitarmi, agitarmi. Giocavano. Mi stavano rendendo tanto pazza, tanto impaziente quanto loro?

Non avevo idea di quanto tempo fosse passato quando sollevarono la testa. Avevano i capelli scompigliati per via della mia presa, i volti tirati per il desiderio. Erano così diversi nell'aspetto e nell'atteggiamento. Tutto di loro era come il giorno e la notte, eppure io li volevo entrambi. Sembrava che insieme costituissero ciò di cui avevo bisogno.

Jonah sciolse il piccolo fiocco sul nastro che teneva su le mie calze. «Due uomini ad aiutarti con queste.»

James slacciò le altre e me le calarono lungo le gambe. Io me le sfilai entrambe.

Adesso ero nuda di fronte a loro.

James mi fece passare una mano attorno alla vita e mi attirò a sé mentre ricadeva sulla schiena, baciandomi. Ci eravamo baciati alla fine della cerimonia nuziale, un bacio rapido e casto. Nulla a che vedere con questo. la sua lingua si infilò nella mia bocca come aveva fatto l'altra volta, come se ci stessimo fornendo l'essenza di vita necessaria a sopravvivere.

Ero sdraiata sopra di lui, i seni premuti contro il suo petto duro, le gambe aperte da una delle sue. La mia figa premeva contro la sua coscia dura ed io cominciai a cavalcarla, proprio come avevo fatto con la mano di Jonah sul cavallo.

Una mano mi scivolò lungo la schiena fino alle natiche e poi più in basso. Il mio sedere si spinse in fuori di sua volontà, desiderando di più, sapendo cosa avrebbero potuto fare delle dita lì. Jonah.

Anche le mani di James andavano in esplorazione, come se loro due mi stessero scoprendo. Che sensazione dessi, come reagissi.

«Mi ero immaginato che mi sarei preso del tempo con te, che ti avrei infilata sotto di me e ti avrei aperto la figa con calma,» disse James, le parole rozze. Le sue mani si sistemarono sui miei fianchi e strinsero.

«Ti prego,» implorai, sentendo quanto fosse duro contro il mio ventre. Lo volevo dentro di me. A riempirmi. La mano di Jonah non era abbastanza. Il tocco di James non era abbastanza. Avevo bisogno di più. Avevo bisogno di tutto.

James mi sollevò così che mi ritrovai a cavalcioni su di lui in ginocchio. Lo guardai aprirsi i pantaloni, calarseli solo quel tanto che bastava a liberarsi l'uccello. Il suo cazzo, quello che avevo succhiato fino a quando non mi aveva schizzato seme lungo la gola, puntava dritto verso di me. Spesso e lungo, dovetti chiedermi in quell'istante come ci fosse stato nella mia bocca, e dubitai che potesse starci dentro al mio corpo.

«Ci starà,» replicò lui, come se fosse stato in grado di leggermi nel pensiero. «Salta su, Micina. Sì, ecco. Oh, cazzo, proprio lì, mi stai ricoprendo di tutta quella tua dolce eccitazione.»

Sentii la punta larga contro la mia apertura, che vi premeva solo leggermente verso l'interno. Contrassi i muscoli, desiderando altro.

«Cazzo,» ringhiò lui, stringendomi nuovamente i fianchi e abbassandomi su di sè.

Ero bagnata e la cosa gli agevolò l'ingresso, ma era grande ed io ero vergine. Ora capivo perchè non avessero voluto infilarmi dentro le dita, prima. Era spesso, così spesso che mi stava allargando per farsi spazio.

Trasalii a quella sensazione e lui mi solelvò con facilità, per poi abbassarmi. Io ricaddi in avanti, appoggiando le mani ai lati della sua testa. I miei capelli erano una spessa cortina che ci circondava. Per quanto sembrava che fossimo da soli, non lo eravamo. Sentivo la presenza di Jonah alle mie spalle, la sua mano che mi accarezzava le natiche, la mia schiena mentre io prendevo sempre di più il cazzo di James.

Feci una smorfia quando sentii la mia verginità cedere e, d'improvviso, affondai completamente su di lui, qualunque resistenza svanita.

Lui gemete. Io sussultai. Contrassi i muscoli, li strinsi, mi abituai ad essere riempita del tutto.

Jonah mi scostò i capelli da un lato, esponendo la nuca. Sentii il suo corpo caldo mentre si chinava a baciarmi lì.

«Mciina, guarda come ti prendi tutto James come una

brava ragazza,» mi elogiò. «Ma non è tutto. Ti prenderai anche me. Qui.»

Il suo dito premette contro il mio ano ed io spalancai gli occhi – che non mi ero nemmeno resa conto di aver chiuso. «Signore!» esclamai.

Per quanto Jonah mi avesse detto di chiamarlo Signore quando venivo punita, avevo preso facilmente l'abitudine di chiamarlo così, specialmente quando cercavo in lui una guida. Lui era più anziano, più esperto. Le sue parole, che fossero un severo rimprovero o un elogio sensuale, mi placavano. Perfino in quel momento, col suo dito umido che mi girava in circolo contro il mio punto più proibito e... che entrava, io glielo permisi. Non mi avrebbe fatto del male e, fino a quel momento, mi aveva solamente fatta stare bene, perfino con la sculacciata. Il punto in cui mi stava toccando, era così... dominante. Non avrei potuto essere più vulnerabile nei suoi confronti. Di entrambi. Eppure, lo volevo.

Abbassai lo sguardo su James, che stava sogghignando. Aveva la fronte imperlata di sudore e riuscivo a sentire la presa ferrea delle sue dita sui miei fianchi, ma sapevo che era felice. Era affondato dentro di me, esattamente dove voleva essere. E Jonah non voleva essere tagliato fuori.

Quando premette la punta umida del suo dito più a fondo dentro di me, violandomi con facilità, io trasalii. Urlai. Contrassi i muscoli. Oh, era così strano. Così *bello*.

«Cazzo, mi farà venire e non si è ancora nemmeno mossa,» sbottò James.

«Si prenderà anche un cazzo nel culo. Non questa prima volta, ma presto. Per ora si prenderà il mio dito. Fatti una cavalcata con i tuoi uomini, Micina.»

Non sapevo cosa intendesse Jonah, ma James mi sollevò leggermente per poi attirarmi di nuovo verso il basso.

«Oh,» esalai.

«Di nuovo,» disse James, e questa volta, io ripetei il movimento da sola. Mentre mi sollevavo, l'uccello di James e il dito di Jonah scivolarono fuori, ma mi sentii vuota. Mi ributtai subito giù, prendendoli entrambi fino in fondo.

La sensazione combinata di pienezza e un pizzico di dolore nell'essere così inesperta di... scopate mi fece desiderare di più. Mi piaceva. Lo anelavo, proprio come avevo fatto con la mano di Jonah e la bocca di James solamente qualche ora prima.

«È così che si scopa? È così che ci si sente?» domandai mentre cominciavo a muovermi, su e giù, in cerchio, dimenandomi su di loro, inseguendo il piacere.

«È così che ci si sente,» ringhiò James, impennando i fianchi mentre mi calavo. La nostra pelle si scontrò, i nostri respiri si mescolarono, la pelle si bagnò.

E dietro di me, Jonah mi stava infilando il dito in quel punto più privato di tutti, sempre più a fondo fino a quando non si tenne fermo e fui io a muovermi su e giù su di lui. Stavo venendo doppiamente penetrata e lo adoravo.

«Io... sto per venire. Oddio.»

Ero di nuovo persa nel piacere. Era stupendo, e così diverso da prima. Mi avevano già portata all'orgasmo, ma ero stata vuota.

Adesso, Dio, adesso ero piena di loro. Li avevo presi dentro, e non solo fisicamente, ma accettavo il fatto che fossero loro a potermi far sentire a quel modo. Persa, beata. Felice. Non si stavano prendendo qualcosa. Nemmeno io. Stavamo prendendo *e* concedendo. Tutti quanti.

Venni con un grido, ma non ne uscì alcun suono. Rimase incastrato nel mio corpo teso.

James grugnì mentre il suo corpo si irrigidiva sotto di me, il suo cazzo affondato appieno. Lo sentii pulsare, percepii i fiotti caldi del suo seme riversarsi dentro di me. Segnarmi per poi colare fuori.

La sposa indisciplinata

Jonah estrasse il dito dal mio ano, le sensazioni in quel punto che mi facevano pulsare e venire ancora un po'.

Una mano mi si avvolse attorno alla vita ancora una volta ed io venni sollevata dall'uccello di James e girata, per poi essere gettata sul letto. James si alzò mentre Jonah si spostava su di me, chinandosi così da incrociare il mio sguardo. Non aveva ancora trovato la propria soddisfazione, limitandosi ad incrementare la mia.

«Ti è piaciuto avermi nel culo?» mi chiese.

La verità era palese, non avrei potuto mentire, per cui annuii.

«Presto ci starà il mio cazzo.»

Mi agitai a quell'idea, sentendo il seme di James colarmi fuori e ricoprirmi le cosce. Avevo il sedere che formicolava, ricordandomi di dove fosse stato Jonah. Osservai il suo corpo. Il suo corpo nudo. Non sapevo quando si fosse tolto i pantaloni, ma era un uomo virile. Il suo cazzo puntava verso di me, i peli chiari che avevo visto scomparire prima nei suoi pantaloni, adesso erano una zazzera visibile alla base della sua eccitazione.

Allargai le cosce per lui, dal momento che sapevo dove si sarebbe infilato. Volevo anche lui. Ero venuta, ma ne volevo ancora. Sembrava che con loro non ne avessi mai abbastanza. E per quanto la cosa mi spaventasse, la anelavo troppo. «Scopami, Jonah.»

7

Jonah

«Perchè stiamo andando a Bridgewater e non a casa di tua sorella?» chiese Tennessee a James mentre cavalcavamo verso la casa di Ian e Kane.

Avevamo avuto intenzione di far visita al gruppo al ranch durante il pranzo, ma la nostra rivendicazione in piena notte ci aveva ritardati. Dopo aver pronunciato le parole più dolci, *Scopami, Jonah*, io avevo fatto esattamente come mi aveva chiesto, affondando dentro la sua figa appena aperta e perdendomici.

Tennessee era mia moglie. *Mia* moglie, non di James. Mia. Ero stato beccato io con i pantaloni calati. Letteralmente. Era un'eco di vent'anni prima, sposato per via di un'indiscrezione. Quella volta, però, ero stato colpevole. Quella volta, volevo pagarne il prezzo. Mi era venuto duro per lei. La volevo scopare e riempire. Tenermela. Avrebbe dovuto essere James a renderla legalmente sua, però. Era stato il suo desiderio fin dall'inizio. *Il piano*. Io dovevo essere il marito "in più", un uomo secondario. In un battito di ciglia, però... in una sua leccata sulla punta del mio cazzo, mi era appartenuta.

Ero andato a Butte il giorno prima per aiutare il mio amico a ritrovare la sua sorella ribelle. Quell'oggi, ero sposato.

Non c'era stato modo di spiegare al ministro che sarebbe stato James a sposarla legalmente nonostante ci fosse stato il *mio* cazzo nella bocca di Tennessee. Dubitavo che quell'uomo di Dio avesse anche solo mai sentito parlare del paesino di Mohamir, figuriamoci se fosse a conoscenza della loro usanza di far sposare una donna con due o più uomini. Bridgewater si stava espandendo ed era ben conosciuta, ma le loro usanze forse non erano altrettanto note. Presto si sarebbe indubbiamente formata una piccola cittadina di nome Bridgewater e un matrimonio come il mio e quello di James sarebbe diventato comune.

Per quanto lei si fosse comportata in maniera spudoratamente passionale, Tennessee non era una sveltina. Per quanto James se la fosse presa per primo e lei non fosse più vergine, era comunque stata innocente. Ben scopata e soddisfatta, le ero salito sopra, le avevo tenuto i polsi accanto alla testa mentre il mio cazzo aveva trovato la sua apertura sporca di seme e le ero scivolato agevolmente dentro. James mi aveva facilitato l'ingresso, e sentire quanto fosse stretta, eppur tanto marchiata, non aveva fatto che farmi montare l'orgasmo alla base della spina dorsale.

Non ero venuto in chiesa come James e avevo avuto i testicoli pieni. Per questo, e per il fatto che la sua figa fosse stata come una calda caverna umida, non ero durato tanto quanto mi sarebbe piaciuto, specialmente quando l'avevo sentita stringersi e contrarsi attorno a me, dovendosi ancora abituare ad essere riempita. Lei aveva spalancato gli occhi e aveva sostenuto il mio sguardo mentre me la prendevo, i suoi capezzoli duri che premevano contro il mio petto. I suoi muscoli avevano vibrato per poi spremermi praticamente il seme dall'uccello mentre io le sfregavo il clitoride con la base della mia erezione.

Me l'ero presa, e le avevo parlato nel mentre.

Così bella. Così stretta. Che brava ragazza. Adoro vedere il mio cazzo che ti scompare nella figa. Oh, guarda quanto riesco ad andare a fondo.

Me l'ero scopata per bene, eppure era stato dolce. Tenero.

Fino a quando lei non mi aveva avvolto le gambe attorno alla vita, le sue unghie che mi affondavano nelle natiche mentre mi diceva *più forte, più forte.*

A quel punto la mia piccola gattina si era trasformata in una lince ed io ci avevo dato dentro. Era stato un piacere per me darle esattamente ciò che voleva. Una forte sbattuta. Nessuna scopatina delicata da vergini per lei.

Oh no. Tennesee avrebbe voluto tutto ciò che avremmo potuto offrirle. E ancora di più. L'avevo riempita con così tanto seme che non c'era da dubitare a chi appartenesse, che ancora le colava fuori adesso.

Ecco perchè stavamo andando a Bridgewater invece di restarcene a letto. Per quanto fosse decisamente impaziente di averne dell'altro, la sua figa vergine doveva essere indolenzita dopo essersi presa due enormi uccelli. Se fossimo rimasti al ranch, ce la saremmo scopata ancora. E ancora. Aveva bisogno di una tregua, anche se solo per quel giorno. Dubitavo che io e James saremmo riusciti as aspettare molto di più per riprendercela.

E già solo quello era il fulcro dei miei pensieri. Per quanto avessimo appena lasciato la casa, non vedevo l'ora di trovarmi di nuovo da solo con lei. Sapevo a malapena qualcosa sul suo conto – a parte in senso biblico – ed ero curioso di imparare di più. Poteva anche essere azzardata, ma era anche dolce. Passionale, ma tenera. Intelligente, ma così innocente per molti versi. Io ero abbastanza vecchio da voler condividere le mie esperienze con lei, da guardarla trarne piacere. Le avremmo dato il mondo se fosse stato ciò che desiderava.

«Andiamo a Bridgewater così che tu possa conoscere gli altri con il nostro stesso tipo di matrimonio,» replicò James, rispondendo alla domanda di Tennessee. «Puoi parlare con le donne, fare loro domande. Sono sicuro che i giochetti anali di Jonah ti abbiano incuriosita, così come il suo parlare di scoparti lì.»

Lei sollevò la testa per guardarlo ed io notai il modo in cui arrossì. Nostra moglie poteva anche essere impaziente di aprire quelle sue belle cosce floride, ma non era altrettanto pronta a mettersi a quattro zampe e sporgere il culo in fuori per i nostri cazzi.

«Sì, ma io conosco Abigail. Non conosco gli altri,» controbattè.

«Non voglio sentire come mia sorella si faccia scopare da Gabe e Tucker, nè voglio sapere che hai racimolato consigli da lei in materia. Andiamo a trovare Kane, Ian ed Emma,» ribatté James. «Forse anche qualcuno degli altri.»

Non potei fare a meno di sorridere, nonostante non lo biasimassi.

«Emma o Abigail, non ha importanza. Non riuscirei a parlare di certe cose con loro,» disse lei, a voce bassa. Decisamente *non* stava facendo la micina cattiva, adesso.

«Penso che scoprirai che tutti a Bridgewater sono piuttosto aperti,» aggiunsi, ricordandomi di una volta in cui vi avevo fatto visita per un pasto, con quasi tutti gli abitanti del ranch presenti, e Mason e Brody si erano portati Laurel in un'altra stanza per scoparsela. Nessuno aveva detto una sola parola. Occuparsi di una moglie era la cosa più importante.

Ora capivo. Se Tennessee avesse avuto bisogno di venire, non avrei esitato a prendermi cura di lei. in qualunque momento e ovunque ci trovassimo.

«Non mi avete mai spiegato come vi siete conosciuti,» disse lei, cambiando bruscamente discorso.

La guardai, rilassata in braccio a James, la testa infilata sotto il suo mento. Ce n'eravamo andati da Butte talmente in fretta che non aveva altri abiti, solamente il vestito che aveva indossato il giorno prima. James aveva mandato uno degli aiutanti del suo ranch alla sua scuola affinchè recuperasse le sue cose, immaginai tutte infilate in un baule. Sarebbe tornato presto e lei avrebbe avuto i suoi effetti personali. Qualunque cosa le fosse mancata, ci saremmo assicurati che l'avrebbe ottenuta.

Aveva ragione. Sapeva poco di noi, nonostante, essendo amica della sorella di James, qualcosa su di lui la sapeva. Di me, tuttavia, non conosceva praticamente nulla ed io ero suo marito.

«Io posseggo il ranch che confina con la proprietà dei Carr ad est. Alleviamo entrambi bestiame. Mentre James viene da Omaha, come sicuramente avrai saputo da Abigail, io vengo da New York. Da Albany, nello specifico. Vi ho trascorso la mia giovinezza, poi è arrivata la guerra.» Non avevo intenzione di scendere nei dettagli di quel periodo terribile, nè del mio breve matrimonio, per cui dissi, «In seguito, mi sono sposato e ho avuto un figlio, ma sua madre è morta di parto. Lui si chiama Abel. È... be', credo che abbia circa la tua età.»

«Diciannove anni,» disse lei.

«Venti,» chiarii io. Ero *effettivamente* grande abbastanza da poter essere suo padre, eppure ero suo marito, col cazzo di nuovo duro per lei. Com'era successo? Ero corso a Butte

La sposa indisciplinata

in seguito alla richiesta di James di aiutarlo a trovare sua sorella ed ero tornato con una moglie di vent'anni più giovane di me. Era strano avere la responsabilità di qualcuno, ma non... brutto. In effetti, era bello. Come se fosse stato giusto. Decisamente una sorpresa, ma anche decisamente giusto.

«Dove abita?» chiese lei.

«Al ranch. Il *nostro* ranch.»

«Vivremo lì, dunque?» Spostò lo sguardo tra me e James.

Non ne avevamo discusso. Diamine, non avevamo praticamente discusso nemmeno del matrimonio. Tuttavia, lanciai un'occhiata a James.

Scossi la testa. «No, vivremo al ranch dei Carr. La casa è più grande.» *Per dei bambini, una famiglia*. Ce l'eravamo presa entrambi e non avevo dubbi che le avessimo riempito il ventre con abbastanza seme da fare un bambino. A giudicare dal modo in cui il mio cazzo voleva tornarle dentro, l'avremmo tenuta ben piena. Sapevo che James bramava un figlio e di sicuro anche Tennessee. «Abel è in grado di gestire la proprietà dei Wells. È giunto il momento che lo faccia da solo.» Non si era dimostrato propenso a prendere moglie, ma avere una casa senza suo padre nei paraggi sarebbe stato un inizio.

«Io pensavo... io-»

«Cosa, Micina?» la spronò James.

«Ho pensato che sareste vissuti ognuno nella propria casa.»

«E tu avresti cavalcato da una proprietà all'altra ogni notte?» le chiesi. «L'altra sera abbiamo dormito in camere separate ed è già stato troppo distante da te. Dovremo trovare un letto più grande che ci possa accogliere tutti e tre. Tuo padre potrà anche averti voluto cercare un matrimonio privo di affetto, privo di... passione, ma non è ciò che hai adesso.»

Lei spalancò gli occhi ed io sorrisi quando arrossì. Non poteva negare l'accuratezza delle mie parole. Era saltata tra le braccia di James e l'aveva baciato, poi praticamente mi aveva implorato di scoparmela.

Mi sporsi verso di loro sulla sella, per quanto fossimo decisamente soli e non ci fosse nessuno ad origliare. «Micina, voglio poterti girare e prenderti ogni volta che voglio. Non guardarmi così o ti trascino per terra e ti scopo in questo preciso istante.»

Lei spalancò la bocca e si agitò in braccio a James. Lui gemette. Lei incurvò un angolo della bocca verso l'alto. Di fronte ai miei occhi, la vidi acquisire una nuova consapevolezza. Aveva un bel po' di potere su di noi.

«Micina,» la avvertii, ma non servì a nulla.

«Magari... magari voglio farmi scopare,» sussurrò.

Era fatta. Strattonai le redini, fermando il mio cavallo. Smontai, la tirai giù dalle gambe di James e me la gettai in spalla. Trovai un tratto di erba morbida e ve la adagiai sopra. Non mi attardai e le sollevai l'abito sulle gambe per trovarla nuda. Non avevo idea di dove James avesse messo le sue mutande quando l'avevamo sculacciata il giorno prima, ma non mi importava. Mi piaceva così. Cosce pallide e floride che si allargavano per mettere in mostra la sua figa. Le labbra rosee erano gonfie e bagnate, e come avevo pensato, il nostro seme le colava fuori, facendole luccicare perfino le cosce.

Lei si sollevò sui gomiti e mi guardò, le gambe aperte, le ginocchia leggermente piegate. «Non hai intenzione di sculacciarmi, prima? Sono stata... cattiva.»

Mi colò fuori del liquido preseminale dall'uccello di fronte a quella vista lasciva. Avevo sposato un'ammaliatrice. James mi si avvicinò da dietro, bloccando il sole, poi si inginocchiò accanto a me. Sembrava che a Tennessee piacesse farsi rivendicare all'aria aperta tanto quanto in un letto. Non glielo avremmo negato.

La sposa indisciplinata

Allungando una mano, la fece rotolare a pancia in giù, poi la tirò indietro così da metterla a quattro zampe. Lei agitò il sedere nella nostra direzione, praticamente implorandoci di sculacciarla.

James imprecò tra i denti di fronte a quella dolce visione. «Cattiva? Ne dubito. Sfacciata? Decisamente,» disse.

Lei ci guardò da sopra la spalla, i suoi occhi azzurri che brillavano con un misto di sfrontatezza ed eccitazione. Annuì.

«Le ragazze sfacciate non le sculacciamo soltanto, non è vero, Jonah?» Le fece scorrere il pollice lungo la fessura, ricoprendola della sua essenza, poi glielo posò contro l'ano.

Lei trasalì e inarcò la schiena.

«Una ragazza sfacciata a volte viene scopata nel culo,» aggiunsi io. «Trovarsi col seme dei propri uomini che le cola fuori da quel buco stretto le ricorda di fare la brava ragazza.»

«Jonah!» strillò lei, per quanto fu il pollice di James a violarla con delicatezza. L'anello di muscoli venne teso, ma era solamente l'inizio. James ce l'aveva più grande e sarebbe entrato il più a fondo possibile. Poteva anche averci fatti scendere da cavallo per concederle la nostra attenzione – non che avessimo gli occhi puntati altrove – ma saremmo stati noi ad avere il controllo.

La osservammo attentamente, assicurandoci che le piacessero i giochi anali tanto quanto la sera prima, che la stessero eccitando e bagnando.

«Non hai alcun unguento a facilitarti l'ingresso,» ricordai a James.

Lui si fermò, poi rimosse il pollice. Avremmo atteso. Lei voltò di scatto la testa a guardarci.

«Signore?»

Merda, sarei venuto solo per colpa di lei che mi chiamava così. Mi eccitava, ogni volta.

«Il tuo culo rimarrà vergine ancora per un po'. Ti sculacceremo, allora.»

James calò la mano, con uno schiocco forte. Lei trasalì, poi dimenò i fianchi.

Non avevo intenzione di restarmene in disparte e la sculacciai a mia volta. Ci alternammo, scaldandole la pelle, arrossandola, facendola diventare quasi dello stesso colore delle sue labbra bagnate.

«Il tuo culo non è l'unica cosa che schiaffeggeremo, Micina.»

Con una pacca più leggera, portai il palmo sulla sua figa, assicurandomi che le mie dita colpissero il suo clitoride.

«Jonah!» urlò lei, gettando indietro la testa.

Era eccitata dalla sculacciata, dal bruciore che le dava. Il suo corpo divenne arrendevole, la sua pelle arrossata, il suo respiro affannoso. Mi ero aspettato che le piacesse farsi schiaffeggiare la figa, ma volevo scoprirlo. Si trattava di un colpetto leggero, ma decisamente sconvolgente. Se le fosse piaciuto, l'avrebbe fatta venire.

La osservammo dimenarsi a quattro zampe, contrarre la figa e lo stretto anello di muscoli del suo ano.

Le mie dita erano ricoperte della sua eccitazione e me le leccai. Oh, volevo scoparmela.

«Sei ancora cattiva, Micina?» le chiese James, dal momento che se davvero non le fosse piaciuto, avremmo smesso.

«Mi schiaffeggerete di nuovo la figa?» chiese lei.

«Sì.»

Attendemmo, il vento che soffiava muovendo l'erba alta. Era così bella, i capelli che catturavano la luce del sole. Il suo abito, così appropriato e modesto, ancora abbottonato fino alla gola, ma tirato su, ed era nuda per noi dalla vita in giù.

Innocente e, al di sotto, solo per lo sguardo mio e di James, un'ammaliatrice.

La sposa indisciplinata

«Sì,» rispose. «Io... sono ancora cattiva.»

Le schiaffeggiai di nuovo la figa, un po' più forte, poi vi posai la mano.

«Sto per...» Si agitò, ansimando. Si inarcò. «Ci sono così vicino.»

Una carezza sul suo clitoride, un altro schiaffo e sarebbe venuta.

James annuì ed io la colpii di nuovo.

Venne con un grido, il suo corpo che si irrigidiva, i suoi occhi spalancati come se non avesse potuto immaginare che ciò che stavamo facendo l'avrebbe fatta stare così bene.

James le posò una mano sulla figa, la accarezzò, le insinuò un dito dentro e la fece venire di nuovo.

8

ENNESSEE

«Kane ed Ian mi hanno vinta ad un'asta in un bordello. Mi sono sposata dieci minuti più tardi. Con entrambi,» disse Emma.

«Io sono entrata per sbaglio nella cabina di Robert sulla nave partita dall'Inghilterra. Ci siamo sposati quello stesso giorno,» aggiunse Ann, venendo a sedersi all'ampio tavolo da pranzo assieme a noi. Portò una teiera ed io osservai il fumo uscirne mentre attendevamo che l'infuso fosse pronto.

Laurel annuì, dando qualche pacca sulla schiena della bimba che teneneva appoggiata sulla spalla. La piccola di quattro mesi dormiva da quando eravamo arrivati. «*Io* ho avuto un lento corteggiamento. Sono arrivata a due giorni in compagnia di Mason e Brody prima di sposarli. Non hanno nemmeno saputo il mio nome fino a un attimo prima di pronunciare i voti.»

Eravamo sedute attorno al grande tavolo nella cucina di

Emma. Quando eravamo arrivati, il pranzo si era concluso così come le pulizie, ma il profumo di arrosto aleggiava ancora. Laurel ed Ann erano rimaste lì a far visita mentre i loro mariti se n'erano andati da qualche parte con James e Jonah. Tra tutti, avevano un sacco di bambini. Christopher era il figlio di Ann, il più grande dei bimbi di Bridgewater e se n'era andato con gli uomini. Laurel aveva un'altra bambina, di un paio d'anni, che mi era stato detto si trovasse al piano di sopra a fare un sonnellino. Anche la figlia di Emma, Ellie, stava dormendo.

Ann aveva il matrimonio alla Bridgewater più lungo, avendo sposato Andrew e Robert prima ancora che chiunque di loro si fosse accasato nel Territorio del Montana. Tuttavia, Emma aveva sposato Kane ed Ian poco dopo il loro arrivo. Laurel li aveva seguiti l'inverno successivo. Al momento, c'erano diverse spose a Bridgewater. Io ero l'ultima.

Emma era adorabile con i suoi capelli neri e gli accattivanti occhi azzurri. Ann era bionda, chiara e minuta. I capelli di Laurel erano di un'affascinante sfumatura di rosso, i pochi riccioli di sua figlia erano dello stesso colore. Tutte erano così diverse, eppure avevano una certa aria. Una... felicità e sicurezza che invidiavo. Mi sembrava di essere un goffo disastro al confronto e glielo dissi.

Laurel mi diede una pacca sulla mano. «Mason mi ha trovata quasi morta in una bufera. Ero scappata a cavallo per sfuggire al piano di mio padre di darmi in sposa come parte di un accordo d'affari.»

«Mio padre ha cercato di darmi in sposa ad un ricco proprietario di una miniera e sono stata tenuta prigioniera per sei giorni.»

Emma spalancò gli occhi di fronte alla mia confessione.

«Oh, um... è spaventoso. Sono così felice che tu ne sia uscita indenne. Sono stati James e Jonah a salvarti?»

Scossi la testa, mentre mi agitavo sulla sedia dura. Avevo

il sedere un tantino indolenzito per via di ciò che avevamo fatto. Di ciò che *io* avevo istigato. E adorato. Così come gli uomini. Avevano capito subito che si trattava di un gioco e... perchè era stato tanto eccitante? Perchè mai avevo fatto una cosa del genere, poi? Loro mi stavano fissando, pazientemente in attesa che rispondessi alla domanda di Emma.

«No, è stata Abigail Carr, la sorella di James.» Descrissi brevemente come fosse venuta a salvarmi. «Siamo andate a scuola insieme a Butte. È sposata con Gabe e Tucker Landry.»

Laurel sorrise. «Non è bellissimo?» mi chiese, poi addolcì la voce quando la bimba si agitò. «Ho sempre desiderato che trovasse gli uomini giusti. I Landry sono così belli e al picnic, la scorsa settimana, non avevano occhi che per lei. Nonostante lei avesse accennato ad uno spasimante a Butte.»

«Pensi di non meritarteli,» disse Ann, riportando la conversazione su di me.

Loro mi guardavano, in attesa. Erano tutte così carine. Così aperte. Per quanto non avessi intenzione di affrontare il discorso di James e Jonah che mi infilavano il cazzo nel culo, ero tentata di condividere i miei sentimenti su questioni meno... intime.

«Avete visto la faccia di James. Quell'occhio nero è colpa mia.»

«Gli hai tirato un pugno?» chiese Ann, poi rise.

Emma si allungò verso la teiera e versò l'infuso scuro in quattro tazze. Ann me ne passò una assieme a un piattino.

«No.» Spiegai del tizio col barile. «Ho visto James per la prima volta due anni fa, il giorno in cui sono arrivata a scuola. Aveva accompagnato Abigail. Un solo sguardo e ho pensato a lui fin da allora.»

Laurel sorrise. «Visto? Magari lui ha provato la stessa cosa, come un colpo di fulmine. È così che Mason ha detto che è successo a lui, per quanto si fosse trattato di una bufera di neve, per cui non ne sono tanto sicura.»

Stava facendo una battuta e gliene fui grata. Non credevo che si trattasse di amore a prima vista, però io non me l'ero dimenticato.

«James mi ha *detto* che ci saremmo sposati. Non volevo saperne.»

Emma scosse la testa. «Posso capire perchè tu te la sia presa. Tutti gli uomini di Bridgewater sono dominanti e ottengono ciò che vogliono, specialmente quando si tratta della donna che vogliono sposare. Sono gentili, ma non esageratamente romantici.»

Laurel annuì. «Ti ha vista. Ti ha voluta. James che affermava che vi sareste sposati *era* romantico. Non l'avrebbe detto a nessun'altra.»

Non ci avevo pensato a quel modo. Ero l'unica donna che aveva voluto sposare?

«Sei una brava persona,» disse Ann. «Non ti avrebbero sposata altrimenti. Non dubitare del fatto che tu sia desiderata.»

Io deglutii forte e cercai di non scoppiare in lacrime. Ann era troppo perspicace.

«L'hai messa a disagio,» la rimproverò Laurel.

«Non è stata Ann,» disse Emma con un grosso sorriso. «È stata la sedia. Dicci, Tennessee, perchè ti agiti tanto?»

Riuscii a sentire le mie guance arrossire e bevvi un sorso del mio tè per non rispondere.

«Ti hanno infilato un plug nel culo?» chiese Laurel.

Io quasi sputai il tè. «Un... cosa?»

«Ah, non ancora, dunque,» aggiunse Emma. «Presto, però, dal momento che sono sicura che Rhys ne avrà un po' da lasciare ai tuoi uomini.»

«Chi è Rhys ed è il caso che mi azzardi a chiedere che cosa sia un plug?»

Laurel agitò una mano in aria. «Lo scoprirai presto, che cosa sono. Per quanto riguarda Rhys, è uno dei mariti di Olivia e li produce lui a mano.»

Potei solamente annuire in risposta.

«Hai delle domande da porci?» mi chiese Emma. «Essere una sposa di Bridgewater non è facile e dobbiamo prenderci cura le une delle altre.»

Tutte quante annuirono. La bambina si agitò e Laurel si alzò, spostandosela sull'altra spalla e cominciando ad ondeggiare.

«Non so che cosa chiedere,» ammisi.

«Allora ti faremo noi delle domande,» disse Laurel.

Emma sogghignò. «Divertente! Comincio io.»

Oddio.

«Immagino che i tuoi uomini ti abbiano rivendicata.»

Guardai la mia tazza di tè. «Sì.»

«Ti stai agitando sulla sedia. Ti hanno scopata nel culo?» chiese Laurel.

Trasalii e la fissai ad occhi sgranati. Ero sconcertata dal fatto che dicesse certe cose ad alta voce, e rivolgendosi a me, un'estranea totale. James e Jonah avevano avuto ragione su quanto fossero tutti molto aperti, lì.

«No. Qualche giochetto, ma tutto qui.»

«Ah, sei stata sculacciata, allora?» domandò Ann.

Io annuii.

«E ti è piaciuto?» aggiunse.

Arrossii, poi annuii di nuovo.

«Ti preoccupa il fatto che non dovrebbe piacerti?» mi chiese Emma, con parole gentili. Il suo precedente entusiasmo era scemato, ma adesso mi guardava con un'espressione amichevole e aperta.

Mi chinai in avanti e sussurrai, «Abbiamo fatto cose... Io...» Ripensai a come mi fossi buttata in ginocchio in chiesa, impaziente di succhiarlo a James. E prima, avevo provocato Jonah per farmi scopare. «Sono cattiva.»

Tutte e tre scossero la testa ed Ann posò nuovamente la mano sulla mia. Laurel fece il giro del tavolo e me ne posò una sulla spalla.

«Tu *non* sei cattiva,» disse Ann convinta. «Ti è concesso di provare piacere con i tuoi uomini. In quanto tuoi mariti, è compito di James e Jonah soddisfarti, proprio come sono sicura che tu soddisfi loro. Ciò che fai, a prescindere da quanto possa sembrare spinto, è normale. Vi avvicinerete molto. Non ci sono segreti in un matrimonio alla Bridgewater.»

«I vostri uomini sono prepotenti, ma Jonah, lui è... è più anziano. Vuole che lo chiami Signore,» ammisi. «A me *piace* mettermi nei guai.»

Ann incurvò l'angolo della bocca verso l'alto, ma non rise. «Guai *seri* o solo per divertimento?»

Mi accigliai di fronte a quella domanda. «Mi sono trovata in guai seri fin troppo, ultimamente, ma non è colpa mia. Be', non del tutto. Non mi è piaciuta quella sculacciata, ma mi è piaciuto sapere di essere stata perdonata una volta conclusa. E mi è piaciuto *davvero* ciò che abbiamo fatto dopo.» Arrossii di nuovo.

«A parte questo, fingi di essere cattiva?»

Io le guardai tutte e tre. Non vidi nessuna censura. Annuii.

Ann sorrise. «Com'è divertente. Anche a me piace fare così. Per quanto riguarda chiamare Jonah signore, devo ammettere che è eccitante. È più grande e ti concede qualcosa di cui hai bisogno. Di cui *lui* ha bisogno di rimando.»

A Jonah *piaceva* quando lo chiamavo signore?

«Olivia è la peggiore in merito. Tiene quei tre uomini legati per le palle,» mi disse Laurel. «Fa la sbruffona con loro.

È il suo modo di fargli sapere che ha bisogno della loro attenzione.»

Era così? io ero in cerca dell'attenzione dei miei mariti? Dio, era vero. La anelavo. Mi piaceva sapere che fossero concentrati solamente su di me. Per quanto loro si prendessero cura delle mie necessità, anche le loro venivano soddisfatte. «Mi stai dicendo che a loro piace quando lo faccio?»

«Diccelo tu,» commentò Emma.

Ripensai a Jonah che mi tirava giù da in braccio a James lungo il tragitto fino a lì. L'avevo stuzzicato e lui aveva risposto. Aveva assunto il controllo. Mi aveva dato esattamente ciò di cui avevo bisogno.

«Gli uomini sono tornati,» disse Laurel, e nello stesso istante sentii delle voci profonde e dei passi pesanti. «Dovremmo salutarci, ora, dal momento che sono certa che ve ne andrete molto presto.>

«Oh sì, non ti toccano da due ore intere,» mi prese in giro Emma.

«Non ne passeranno altre due prima che ti saltino addosso di nuovo, specialmente se hanno un paio dei plug fatti da Rhys.»

Ebbero tutte ragione. Restammo due minuti, il tempo necessario a mostrarci vagamente educati, ma a nessuno sembrò dar fastidio la nostra partenza affrettata. Per quanto riguardava i plug, ce n'erano due. James me li aveva dati da tenere durante la cavalcata di ritorno a casa, continuando a raccontarmi cosa ne avrebbero fatto. Una volta entrati dalla porta della cucina, desideravo ormai disperatamente i miei uomini e fui felice di piegarmi a novanta sul tavolo per ricevere le loro ardenti attenzioni.

JAMES

«Sei sicuro di non voler venire anche tu?» chiese Tennessee.

Ci trovavamo in veranda in attesa che Jonah sellasse i cavalli. Il baule era arrivato il giorno prima mentre eravamo stati a Bridgewater, per cui quel giorno lei indossava un abito diverso, di una morbida sfumatura di rosa che accentuava quanto fosse minuta... e femminile. Faceva solamente sembrare la sua pelle ancora più pallida e di un bianco latte. I capelli erano raccolti in una lunga treccia sulla schiena al di sotto di un cappello di paglia a tesa larga. Era bellissima, ma sapevo che aspetto avesse al di sotto di tutto quello. Come si comportasse quando non doveva andare a conoscere il suo nuovo figliastro. Sapevo che non indossava le mutande. Che aveva tenuto uno dei plug infilato nel culo fino a un'ora prima.

«L'influenza estiva che mi ha colpito la settimana scorsa ha fatto ammalare anche alcuni dei lavoratori al ranch. Devo dare una mano con gli animali. E poi, penso che Jonah dovrebbe parlare da solo con Abel riguardo a tutta questa storia. Sarà piuttosto sorpreso, ne sono certo.»

Per quanto Abel fosse un uomo ormai adulto, scoprire che suo padre aveva un matrimonio alla Bridgewater con una donna della sua stessa età sarebbe stato piuttosto scioccante. Nessuno voleva mai davvero contemplare l'idea dei propri genitori che scopavano, ma sarebbe bastato un solo sguardo a Tennesseee ed Abel sarebbe stato certo che venisse ben soddisfatta. Aveva quell'espressione in volto. Le sue guance avevano un bel colore, lei era più tranquilla e molto più rilassata del giorno prima. Era stata scopata alla grande e la cosa le stava bene. Decisamente era servita ad ammansirla.

«Cosa? Un matrimonio improvviso? Io non capirei.»

Assottigliai lo sguardo, poi sogghignai mentre le stringevo una natica. Forse non era stata poi così tanto ammansita. «Sei molto sarcastica e decisamente sfacciata.»

Jonah si avvicinò conducendo due cavalli ed io la guardai rifarsi gli occhi su di lui. Io non ne ero attratto, ma Tennessee sì. Una figa bagnata e vogliosa era importante in un matrimonio. Lui incrociò il suo sguardo e sorrise.

Ero invidioso del loro legame. Non percepivo alcuna differenza nelle attenzioni che ci dedicava, ma loro erano sposati. Marito e moglie. Io ero il terzo.

Il giorno prima, a Bridgewater, Ian mi aveva confessato che gli ci era voluto del tempo per abituarsi ad essere il secondo marito. Per quanto rivendicasse Emma allo stesso modo di Kane, era il suo nome che aveva preso. Era Kane che tutti quanti in zona sapevano che lei aveva sposato. Ian era orgoglioso del loro matrimonio e voleva ostentarlo, mettere in mostra la sposa che aveva rapito il suo cuore. Tuttavia, poteva farlo solamente con la gente che la pensava come lui, e si trattava di un piccolo gruppo. Quand'erano in viaggio, cosa che sembrava accadere spesso, lei doveva condividere una stanza con Kane, non con entrambi. E la loro figlia, per quanto nessuno sapesse di chi fosse il seme che aveva attecchito, Kane era in grado di trarre orgoglio pubblicamente anche da lei.

Le mancanze di rispetto c'erano, e Ian aveva detto che Emma compensava più che abbondantemente qualunque insoddisfazione potesse provare con le sue ardenti attenzioni, ma esistevano comunque.

Loro esistevano. Mi sarei sempre sentito come un marito "in difetto" o era solo una sensazione da neosposino? Quell'istinto di trascinarla in casa e farla mia, tenerla solamente per me, sarebbe svanito?

Loro sarebbero andati via per non tornare mai più? Avrebbero potuto farlo.

Avevo bramato Tennessee per due anni ed ero stato impaziente di farla mia per tutto quel tempo. La diagnosi del dottore riguardo la mia salute aveva cambiato la mia prospettiva su come l'avrei rivendicata. Fino a quando non mi ero preso quella stupida influenza, non ero stato a conoscenza di alcun problema del mio cuore. La possibilità di morire in qualunque momento aveva modificato il mio modo di pensare. Volevo Tennessee ancora di più. Volevo vivere appieno, a prescindere da quanto tempo mi fosse rimasto. Avevo incluso Jonah nell'accordo solamente per Tennessee, per assicurarmi che sarebbe stata sempre amata e protetta anche se a me fosse successo qualcosa. Non volevo che diventasse vedova, il che l'avrebbe solamente resa vulnerabile nei confronti di qualunque avvoltoio che le avrebbe messo gli occhi addosso vedendo la sua bellezza e sapendo della sua fortuna. Il ranch dei Carr costituiva un'ampia porzione di Territorio del Montana e lei avrebbe ereditato tutto.

«Ti piace quando faccio la sfacciata,» mi rispose con un sorrisino. La sua mano mi si posò sul petto ed io sentii i suoi seni premermi contro. Il mio uccello si risvegliò.

«Eccome.» Mi chinai a baciarla. Non potei farne a meno. Riuscivo a malapena a staccarle le mani di dosso. Per quanto mi fossi ripromesso di concedere una tregua alla sua figa il giorno prima, tornare a casa con dei plug anali ci aveva fatto cambiare idea. Ogni genere di natura contraria era stata smorzata e al suo posto era rimasta una donna che implorava, si divincolava e ci supplicava assicurandoci di non essere minimamente indolenzita. Nessun marito era abbastanza forte da trattenersi dallo scoparsela dopo averla vista nuda e piegata a novanta sul tavolo della cucina, col piccolo manico del plug che le allargava le natiche floride.

Sentendo quanto fosse stata stretta la sua figa attorno al mio cazzo con il plug a riempirle il culo... specialmente quando era venuta e mi aveva spremuto mentre la sua figa aveva implorato di ricevere il mio seme, avevo avuto un orgasmo potentissimo. Jonah non aveva voluto sentirsi in disparte e aveva fatto il giro del tavolo dandole da succhiare l'uccello nello stesso momento. Uno di noi dentro la sua bocca e l'altro nella sua figa, la prima volta che ce l'eravamo presa insieme.

Visto il modo in cui si era aperta per il plug, ce la saremmo presa presto insieme in altri modi. Magari quella notte, e lei ne avrebbe apprezzato ogni singolo minuto, proprio come le era piaciuto tutto il resto. Ogni singolo centimetro sfacciato di lei.

Smise di sorridere. «Voglio parlarti di una cosa.»

Accarezzandole la guancia, le dissi, «D'accordo. Jonah ti sta aspettando, però.»

Lei si voltò verso di lui, che attendeva paziente con in mano le redini dei cavalli.

Si morse un labbro, poi annuì. «D'accordo.»

La baciai di nuovo, dal momento che non riuscivo a trattenermi.

«Torna presto, moglie.» Nonostante avesse il mio seme che le colava lungo le cosce, non volevo che dimenticasse di appartenere anche a me. Sarebbe stata una lunga giornata senza di lei. «Ho dei piani in serbo per te.»

9

ENNESSEE

Jonah mi presentò a suo figlio, che era uscito in veranda sentendoci arrivare. Coi capelli neri corvini e gli occhi castano scuro, non assomigliava per nulla a suo padre. La sua pelle era olivastra mentre quella di Jonah era chiara. Erano entrambi alti più o meno uguali, ma Abel era snello. L'espressione sul suo volto quando Jonah aveva detto che ero sua moglie era stata di puro shock. Mi aveva offerto solamente un breve cenno del capo, poi aveva chiesto di parlare con suo padre in privato. Aveva atteso che Jonah si mostrasse d'accordo per poi limitarsi a voltarsi e a dirigersi verso le stalle poco distanti.

Mi ero sentita rifiutata, ma il bacio di Jonah sulla mia testa era stato rassicurante. Invece di seguire direttamente Abel, mi aveva condotta in casa e in cucina dove avevo conosciuto la Signora Tunbridge, la loro storica governante.

Per quanto anche lei fosse rimasta sorpresa dalle nostre nozze, si mostrò entusiasta.

Dopo che Jonah mi ebbe lasciata con lei e fu andato a parlare con Abel, lei mi aveva fatta sedere a tavola e aveva confessato come avesse sperato per anni che Jonah trovasse una donna da sposare. Rotondetta, con un atteggiamento placido, mi aveva messa a mio agio. Tra un bicchiere di limonata e l'altro, mi aveva convinta a condividere la storia del nostro matrimonio, per quanto io mi affrettai a modificarla con un nostro incontro a Butte e lo sposarci il giorno successivo. Non ero stata sicura delle intenzioni di Jonah nel dire a quella donna che fossi sposata tanto con lui quanto con James, ma dal momento che lavorava per lui, avevo pensato che dovesse spettare a lui condividere quell'informazione.

La Signora Tunbridge mi aveva indirizzata verso le stalle per unirmi agli uomini ed io mi ero diretta là, osservando il ranch. La casa era costruita con un mix di pietre di fiume e tronchi con un ripido tetto rivestito di bitume che permettesse alla neve di scivolarvi giù. I tetti nel North Dakota erano progettati allo stesso modo, per quanto non molti fossero costituiti da tronchi di legno. Per quanto quella casa non assomigliasse affatto alle ville di Butte, era grande e robusta posta in un luogo pittoresco, forse rispecchiando il carattere degli uomini che vi abitavano. La prateria, da lì, si srotolava fino alle colline rigogliose, per cui il panorama si estendeva solamente fino ad un certo punto. Riuscivo a vedere del bestiame scuro punteggiare il paesaggio.

Mi schermai gli occhi dal sole con una mano mentre mi guardavo attorno. Non c'era molta differenza, per quel che vedevo io, tra il ranch dei Wells e quello dei Carr, a parte le case. Tuttavia, io non ne sapevo nulla di mucche o della vita su un ranch.

Ripresi a camminare, pensando che ne sapevo solamente

un pochino di più sul conto di Jonah e di James di quanto non ne sapessi di mucche. Dopo aver parlato con le donne a Bridgewater, avevo deciso di raccontare ai miei mariti di come Ginny e Georgia fossero in pericolo. Ann aveva detto che non c'erano segreti in un matrimonio alla Bridgewater ed io me ne stavo tenendo uno enorme. Avevo cercato di dirlo a James, e l'avrei rifatto più tardi una volta che fossimo tornati.

«Non riesco a credere che tu ti sia sposato,» disse Abel. La sua voce mi raggiunse facendo il giro delle stalle. «Due giorni fa non la conoscevi nemmeno!»

Fu il suo tono infuriato che mi fece fermare e appoggiare alla parete in legno dell'edificio. Non volevo interromperli e di certo volevo ascoltare la conversazione tra i due uomini nei miei riguardi senza che loro sapessero della mia presenza. Essendo un gentiluomo, Jonah si sarebbe sicuramente trattenuto e avrebbe costretto suo figlio a fare lo stesso, se così non fosse stato.

«Conosci quelli di Bridgewater?» chiese Jonah.

Ci fu del silenzio. Una pausa talmente lunga che mi chiesi se si fossero allontanati. «Mi stai dicendo che ti sei sposato lei, una donna col nome di uno *stato*, assieme a qualcun altro?» chiese Abel.

«Assieme a James Carr.»

Abel emise un verso sconcertato, poi rise. «Avrà la mia età.»

«È vero,» confermò Jonah.

Mi aveva detto che mio padre non mi aveva dato ciò di cui avevo avuto bisogno, ma che l'avrebbe fatto lui. Avevo dovuto chiamarlo Signore e piegarmi sulle sue ginocchia per una sculacciata. E mi era piaciuto. Avevo cominciato a desiderarlo, provocavo perfino Jonah con l'appellativo di signore. Adesso, però, mi sentivo ignobile. Dozzinale. Come una bambina ostinata.

«Hai detto che non ti saresti mai risposato. Non ti ho mai visto nemmeno una volta dimostrare alcun interesse verso una donna.»

Non si era voluto sposare?

«Era nei guai.»

Il mio cuore si strinse alle parole di Jonah. Mi aveva sposata solamente perchè ero stata una damigella in pericolo? Perché me ne stavo andando per saloon in cerca di soldi? La prima volta che l'avevo conosciuto era stato nel vicolo dietro quell'edificio losco.

«Non devi sposare una donna solo perchè è nei guai. La puoi aiutare ad attraversare la strada, puoi comprarle da bere. Portarle le borse della spesa.»

Jonah non rispose. Stavo riconoscendo il fatto che sfruttasse il suo atteggiamento pacato non solo con me. Chiaramente, Abel era furioso e Jonah gli stava permettendo di condividere apertamente il proprio scontento.

«È bella, ma avresti potuto trovarti una figa più facile. Una vedova, magari, cui non sarebbero serviti dei voti per infilarsi sotto di te.»

Mi portai le dita alle labbra per reprimere un sussulto.

«Occhio a come parli,» sbottò Jonah. «Ti ho educato meglio di così. Parla delle donne con rispetto.»

«Oh, allora è per questo che sei così sensibile. Sei stato beccato. Hai *dovuto* sposarla.»

Era vero. Dio, mi ero trovata in ginocchio davanti a lui, *in una chiesa*. Gli stavo leccando via il seme dall'uccello quando il ministro era entrato. Come dovevo essergli sembrata! Jonah era stato beccato eccome.

Non eravamo la prima coppia a sposarsi per via di principi morali deboli e una virtù in frantumi. Mio padre mi aveva sfruttata, aveva sfruttato la mia capacità di sposarmi, per ottenere un grosso conto in banca che gli ripagasse i debiti di gioco. Mai una sola volta aveva preso in

La sposa indisciplinata

considerazione i miei desideri. Ed erano semplici. Avevo sempre voluto sposarmi per amore. *Solo* per amore. Non mi importava di grandi case o abiti eleganti. Volevo solamente un uomo che desiderasse *me*. Non perché l'avessi intrappolato in un matrimonio solo perchè avevo avuto il suo cazzo in bocca.

E James? Lui provava le stesse cose? Aveva agito per cavalleria invece che per amore? Aveva scambiato il suo essere scapolo per un matrimonio privo d'amore per via dell'onore?

«Proprio come la Mamma,» aggiunse Abel.

Non potevo più ascoltare. Mi rifiutavo di stare con Jonah se ero sua moglie solo di nome. Sì, avevamo scopato, ma come aveva detto Abel, dal momento che ci eravamo scambiati i voti, lui poteva disporre liberamente del mio corpo.

Il dolce sapore della limonata mi inaspriva la lingua, mentre tornavo di corsa alla casa dove i cavalli erano legati. Mi asciugai le lacrime dagli occhi mentre slacciavo una delle redini dalla sbarra. Due giorni e avevo permesso loro di prendersi un pezzo di me. Soffrivo, il mio cuore si stava spezzando di fronte alla verità. Il nostro matrimonio non era basato sull'amore. Sì, c'era decisamente passione. Avevo provato delle cose per James e Jonah che non mi ero mai aspettata. Avevo fatto cose che non mi ero mai immaginata. L'avevo adorato e pensavo che lo stesso si potesse dire per loro. Mi ero trovata a mio agio con loro. Mi ero sentita al sicuro. Forse perfino amata.

Ma mi ero sbagliata.

Non c'era alcun amore a prima vista. Non c'era nessuna damigella in pericolo da far salvare ad un eroe di un romanzo dozzinale. Una donna doveva salvarsi da sola ed io avevo intenzione di fare proprio così.

Sarei andata a casa, a Fargo. Jonah e James erano stati una

breve distrazione. Un reindirizzamento dal mio piano originario. Avrei salvato Ginny e Georgia dal casino creato da mio padre. Dio, ero felice di non avergliene mai parlato perchè, una volta tornata nel North Dakota, nessuno avrebbe saputo che ero sposata. Mi sarei lasciata il Territorio del Montana e tutte le cose terribili che mi erano accadute qui alle spalle.

Prima, però, mi servivano i soldi per il viaggio. Mi ritrovavo nella stessa identica situazione del giorno prima. Quello non era cambiato. Ero più determinata, però. Decisamente un po' più arrabbiata, cosa che mi spronava ad andarmene. Avevo chiuso con Jonah e James. Non dovevo più preoccuparmi di loro. Sarei andata a Travis Point, avrei trovato un saloon dove guadagnarmi i soldi a carte. A Butte ero stata troppo timida, ma mi sarei assicurata che mi lasciassero giocare.

James e Jonah avevano detto entrambi che ero un po' selvaggia. Forse quella caratteristica mi sarebbe tornata utile, adesso. Avrei ottenuto quei soldi in un modo o nell'altro.

JONAH

Non ero certo di chi mi facesse infuriare di più, Abel o Tennessee. Ogni parola pronunciata da mio figlio era dura. Mi ero aspettato che fosse sorpreso, non che mi insultasse come aveva fatto. Tuttavia, avevo posto presto fine alla sua invettiva con le parole, «Non sei un bambino, bensì un uomo adulto. Comportati come tale. Potrà anche essersi trattato di un matrimonio affrettato, ma è un matrimonio che desidero. Sì, mi ha incastrato, ma non come pensi tu, bensì rubandomi il cuore. Di sicuro le appartiene.»

La sposa indisciplinata

Dopo aver chiarito la cosa, avevo visto in lontananza un cavallo con una persona in sella, che si muovevano rapidamente. Riconobbi immediatamente il profilo di mia moglie. «Cazzo,» esalai, ignorando Abel e correndo verso la casa per prendere il mio cavallo e rincorrerla.

Mi ci vollero dieci minuti per raggiungerla. Quando le gridai dietro, lei rallentò, poi si fermò, voltando l'animale verso di me. Non ero sicuro se si stesse mostrando compiacente per cortesia o perché sapeva di aver perso qualunque vantaggio avesse avuto. Era diretta verso la città, non verso il ranch dei Carr.

«Dove stai andando?» esclamai mentre tiravo le redini, il mio cavallo che si fermava accanto al suo. Entrambi gli animali sbuffarono ed emisero un verso nasale per via della corsa. Io scesi a terra e afferrai le sue redini, assicurandomi che non sarebbe fuggita di nuovo.

«A Travis Point,» sbottò lei, e cercò di strattonarmi via le redini. Aveva il mento sollevato, la postura così rigida che sembrava avesse un palo al posto della colonna vertebrale. «Se vuoi scusarmi.»

«Oh, no, Micina,» controbattei.

Senza il mio aiuto, lei scese da cavallo e si avviò a piedi verso la città. Io la osservai allontanarsi attraverso l'erba alta. Per quanto stesse provando a fare la sostenuta, non lo notavo dal momento che avevo occhi solamente per il dolce ondeggiare dei suoi fianchi. *Quella* era la stessa Tennessee del giorno prima a Butte. Furiosa, piena d'indignazione e decisamente affascinante.

«Dobbiamo parlare,» le dissi, sollevando il cappello e asciugandomi il sudore dalla fronte.

Lei si voltò di scatto, le mani sui fianchi. Il suo respiro affannato le faceva alzare e abbassare i seni sotto l'abito rosa. «Parlare? Sembra che tu abbia parlato un bel po' con Abel.»

Trassi un respiro profondo, lasciandolo andare. «Tieni a bada quel tono di voce o ti sculaccio.»

Lei spalancò gli occhi. «Vuoi sculacciarmi? Perché?»

«Perché ne hai bisogno.»

«*Non* ho bisogno di farmi sculacciare. Non sono una bambina ostinata che sta facendo un capriccio. Sono una donna arrabbiata!» Urlò quell'ultima frase e rimasi sorpreso dalla sua veemenza. «Non sono la donna irruenta e selvaggia che ti immagini.»

Era arrabbiata. Avrei dovuto essere cieco per non vederlo. Non lo stava facendo per attirare l'attenzione, non si stava comportando male per farsi vedere da me, per farsi dare la sculacciata che l'avrebbe calmata, che avrebbe placato qualcosa in lei. Questo era piuttosto diverso. «No?» chiesi.

«Mi ritieni anche incauta e ribelle. Per via del Signor Grimsby?»

Non mi diede l'opportunità di rispondere.

«Io non sono entrata nella casa del Signor Grimsby di mia spontanea volontà,» proseguì. «Pensi che *volessi* un uomo come lui come marito?»

Non conoscevo il Signor Grimsby, avevo sentito solamente ciò che aveva detto James di lui, ciò che aveva fatto a Tennessee. A suo padre. Ad Abigail.

«Mio padre aveva intenzione di *cedermi* all'uomo col conto in banca più grosso. Pensava che fosse il Signor Grimsby. Si è scoperto che si sbagliava. Ed è morto per questo. Eppure, sono io quella che ne sta ancora pagando il prezzo.»

Sollevò le mani in aria mentre parlava con una profondità di sentimento che non le avevo mai sentito prima.

Mi accigliai di fronte alle sue parole. «Che cosa vuoi dire?» Feci un passo verso di lei e lei indietreggiò. «Dimmelo, Tennessee. Dimmi che cosa ti affligge.»

Lei si ravviò i capelli dal viso, dal momento che alcune

lunghe ciocche le si erano sciolte durante la cavalcata. La cuffia le pendeva lungo la schiena, tenuta su da un fiocco attorno al collo. «Cosa mi *affligge*? Grimsby ucciderà le mie sorelle.»

Mi irrigidii. Quello non me l'ero aspettato. «Continua.»

Lei roteò gli occhi, ridendo. «Abigail non era l'unica che ha minacciato. Grimsby ha mandato un uomo a Fargo per uccidere le mie sorelle nel caso in cui io non gli avessi fornito i soldi che voleva. Non era affatto ricco, bensì squattrinato, proprio come me. La sua miniera si era esaurita e voleva una ricca ereditiera e si è infuriato quando ha scoperto che io non lo ero. Adesso è in prigione e l'uomo che ha mandato a Fargo non ha ricevuto ordine da parte sua di non agire. Ucciderà Ginny e Georga.»

Gli occhi le si riempirono di lacrime, ma lei le cacciò via sbattendo le palpebre. Era così forte, così coraggiosa. E tutto questo le pesava addosso. Le basi delle sue azioni a Butte. Aveva fatto come aveva voluto suo padre, era andata dal Signor Grimsby e aveva mentito. Dovetti chiedermi, se lui fosse davvero stato ricco, se avrebbe acconsentito al matrimonio solo per compiacere suo padre.

«Il saloon?» chiesi, pensando a dove l'avevo conosciuta per la prima volta.

«Credevate che fossi lì perchè ero volubile e ingenua. Che mi fossi cacciata in una situazione con cieca stupidità. Ero disperata e sapevo che il poker mi avrebbe concesso l'opportunità di vincere i soldi di cui avevo bisogno per tornare a Fargo.»

«Soldi?» Uno dei cavalli strattonò le redini, impaziente di brucare l'erba alta, ed io lasciai la presa.

«Sì, soldi.» Fece spallucce. «Non sono mai riuscita ad accalappiare un marito ricco.»

Mai... Di cosa stava parlando? Io e James eravamo entrambi ricchi. Messi insieme, avevamo abbastanza soldi da portarla a Fargo. Diamine, forse ne avevamo abbastanza per *comprarci* Fargo.

«Hai accalappiato noi,» dissi piano. Testando il terreno.

I suoi occhi azzurri brillarono di fredda collera. «Ma certo che l'ho fatto. Ti ho messo in trappola meglio del Signor Grimsby. Non c'è opzione a parte il matrimonio dopo che un ministro ti becca con una donna in ginocchio che ti succhia il cazzo. Tu non *volevi* sposarmi. Hai *dovuto*. Immagino che dovrei ringraziare il fatto che mio padre non mi abbia suggerito di succhiarlo al Signor Grimsby.»

«Tennessee,» la avvertii.

«Non ridurrai la mia rabbia, Jonah.»

La mia sposa e le sue azioni erano state fraintese, e per questo mi ero sbagliato. Anche James, ma lui non c'era. Dovevo sistemare le cose.

«Hai origliato me ed Abel,» dissi, ricordandomi di ciò che aveva detto non appena si era fermata.

Lei rispose con un brusco cenno del capo. «Mi hai sposata per onore.»

«Cosa c'è che non va in questo?» chiesi.

Lei si asciugò il volto, dal momento che le era sfuggita una lacrima. «Nulla. Ma non è abbastanza.»

«Hai sentito Abel, ma hai sentito anche che cosa gli ho detto io?»

Lei spostò lo sguardo ovunque meno che su di me.

«Abel, come hai sentito, era furioso perchè mi sono sposato. Sorpreso perchè non avevo mostrato alcun interesse per un matrimonio. Vedi, lui non è mio figlio.»

Lei si accigliò, ma io proseguii. Era importante che capisse.

«Avevo vent'anni e ho visto Victoria ad un ballo. Siamo usciti due volte. L'ho trovata... non di mio gusto e non avevo intenzione di perseguirla oltre. Tuttavia, lei ha annunciato di essere incinta. Di mio figlio.»

Tennessee trasalì.

«Non era mio, ma non potevo dirlo a nessuno. O avrei dipinto Victoria come una donna decisamente non virtuosa – cosa che era – o sarei apparso come un donnaiolo, uno che sfruttava una donna per poi voltar la testa di fronte ad un peso che le avevo affibbiato. Feci la cosa più onorevole e la sposai.»

«Proprio come hai fatto con me.»

Scossi la testa. «No. Non è affatto la stessa cosa. A me Victoria non piaceva. Non la desideravo. Non l'ho mai toccata. Mai. È morta di parto.»

«Abel.»

«Sì. Sono rimasto vedovo con un neonato. Mi sono trasferito ad ovest prima della fine dell'anno. Non avrei potuto farcela senza la Signora Tunbridge.» Sorrisi, ripensando alla donna che era stata balia, governante e figura materna nello stesso momento.

«Ma Abel ha detto-»

«Non è un bambino con una nuova madre a crescerlo,» dissi, parlandole sopra. «La sua opinione non è rilevante. Per quanto mi piacerebbe che ti accettasse... che accettasse noi, è un adulto. Ma a prescindere dai suoi sentimenti, non aveva il diritto di mancarti di rispetto, a te o a ciò che abbiamo. Gliel'ho detto. Gli ho detto che sono rimasto fregato, ma non per via della tua virtù, bensì per amore.»

Lei spalancò gli occhi sorpresa. «Amore? Tutto ciò che avete fatto è stato rimproverarmi e punirmi.»

Non potei impedirmi di incurvare un angolo della bocca verso l'alto a quella affermazione. «Micina, io mi ricordo bene un bel po' di altre cose che abbiamo fatto a parte punirti.»

Le sue guance, per quanto già rosse, si scurirono ulteriormente. «Non ho mai cercato un'altra moglie. Non ne ho mai voluta una. Con te mi è bastato uno sguardo e sono rimasto fregato. Lo ammetto, inizialmente sono rimasto sorpreso quando James l'ha suggerito, ma sono maledettamente felice che l'abbia fatto.»

«Amore?» ripeté lei, come se quell'idea fosse assurda.

Mi avvicinai di un passo. Quando lei non si ritrasse, avanzai ancora fino a pormi direttamente di fronte a lei. Sollevando una mano, le accarezzai cautamente una guancia, per poi asciugarle un'altra lacrima col pollice.

«Micina, non te la prenderesti a questo modo se non ti importasse. Se non provassi dei sentimenti per me, per James, *per il nostro matrimonio*, allora nulla di quanto detto da Abel ti avrebbe infastidita.»

Forse avrei dovuto tenere da conto anch'io quelle parole. Non me la sarei presa per le parole di Abel se mi fossi concesso solamente una sveltina a Butte. Per quanto non discutessi di certe attività con mio figlio, sapeva che non ero un monaco.

Lei sbatté le palpebre. Rifletté. Poi scoppiò in lacrime. Io la attirai tra le mie braccia, la strinsi forte e la lasciai piangere. Le diedi un bacio sulla testa, le feci scorrere una mano lungo la schiena, feci tutto il possibile per confortarla. Una donna che piangeva era difficile da gestire, specialmente se era la mia.

«Ssh, Micina. Sei una brava ragazza. Così brava. Sono fiero di te.»

La strinsi per consolarla, ma devo ammettere che lo feci anche per me stesso. Si era tenuta tutto quello per sè, ci aveva fatto credere di essere diversa da come ce la fossimo immaginata. Per quanto fosse decisamente avventata, era anche gentile. Amorevole. Premurosa.

Non era spinta dai soldi. Non era frivola o volubile. Era... Tennessee.

Le lacrime si placarono e lei sollevò lo sguardo su di me,

le guance tutte a chiazze e gli occhi arrossati. «Scusami,» disse, tirando su col naso.

Tirando fuori un fazzoletto dalla tasca, le asciugai le guance, ma tenni una mano attorno alla sua vita. «No. Scusami tu. Se James fosse qui, si scuserebbe anche lui. Dovevi essere punita per ciò che hai fatto a Butte.» Lei si irrigidì nella mia presa, ma io non la lasciai andare, mi limitai a proseguire. «Tuttavia, io e James avremmo dovuto valutare *il motivo* per cui l'hai fatto.»

Quando lei non commentò, incalzai. «Hai detto che le tue sorelle sono in pericolo. Che devi andare a Fargo a salvarle.»

Lei annuì. «Ma non ho soldi e quell'uomo è in viaggio da una settimana.»

«Io ce li ho.»

Lei aggrottò la fronte ed io ne lisciai le pieghe con un pollice. Avrei voluto spazzare via tutti i suoi problemi con quel semplice gesto.

«Tu hai delle mucche,» controbattè lei. «Il Signor Grimsby voleva dei soldi. Contanti. Abigail gli ha detto di non averne, che per quanto il ranch di suo fratello fosse ampio, non poteva portargli una mucca.»

Sorrisi, immaginandomi Abigail Carr che conduceva una mucca lungo un marciapiede di Butte.

«Micina, noi abbiamo mucche... e denaro contante. Per quanto non possa dire nel dettaglio come siano le finanze di James, posso stimare che siano abbondanti. Per quanto riguarda me, ho abbastanza soldi per arrivare a Fargo. Perfino per arrivare in Francia.»

Lei mi fissò con occhi sgranati. «Oh.»

«E tu intendevi vincere i soldi? Era per quello che ti trovavi al saloon a Butte e che, adesso, eri diretta a Travis Point?»

«Sì. Sono piuttosto brava. È l'unica cosa che mi ha insegnato mio padre.»

Il che la diceva lunga. Non c'era da meravigliarsi che bramasse la mia attenzione e la mia comprensione.

Sorrisi. Mia moglie era un bell'enigma ed io non vedevo l'ora di scoprirne sempre di più. «D'accordo. Andrai a vincere i soldi che ti servono.»

Lei spalancò gli occhi e la bocca. Avrei riso della sua espressione se non si fosse messa di nuovo a piangere nel caso in cui l'avessi fatto.

«Me lo permetterai?»

«Permetterlo? Dubito di poterti fermare.»

Lei strinse le labbra, ma mi rivolse un piccolo sorriso.

«Allora mi lascerai andare a Fargo?» Non sembrava troppo contenta dell'idea che la lasciassi andare via. *Voleva* che desiderassi che restasse.

«Certo che no. Invieremo un telegramma da Travis Point allo sceriffo a Fargo. Come hai detto tu, l'uomo che ha mandato Grimsby ha un bel vantaggio su di noi. Lo sceriffo potrà occuparsi subito delle tue sorelle. Oggi.»

Lei si morse un labbro. «Non ci avevo nemmeno pensato.»

«Micina, devi raccontarci i tuoi problemi. Appartengono a noi, adesso, e noi siamo forti abbastanza da gestirli.»

«Allora perché vuoi permettermi di giocare a poker se tutto ciò che faremo è inviare un telegramma?»

Mi chinai e la baciai sulle labbra. «Se fossi un uomo, ti saresti guadagnata i soldi che volevi in fretta e senza alcun problema in qualunque locale di Butte. Non ho intenzione di negarti l'opportunità di farlo solamente perchè sei una donna. Tu che giochi a poker in un saloon, vincendo i soldi sudati da altri uomini? Voglio decisamente vederti.»

10

ENNESSEE

«Ce l'ho fatta!» praticamente gridai, mentre uscivamo dal saloon alla luce accecante del sole.

Jonah mi prese sottobraccio e mi scortò lungo il pontile, facendo un cenno col cappello a due signore con le sopracciglia talmente inarcate da scomparire sotto i copricapi perchè ero uscita da un saloon... e con una tale esuberanza. Nulla poteva infastidirmi in un momento come quello. E poi, avrebbero dovuto essere contente che una donna fosse entrata, avesse giocato a carte e avesse vinto contro un gruppo di uomini.

Ah! Ero così felice che avrei potuto esplodere: le monete che avevo vinto mi pesavano in tasca. Per la prima volta, ero grata di una cosa che mi aveva insegnato mio padre. Ora capivo come fosse divenuto dipendente dal gioco, poiché vincere era... incredibile. A differenza di lui, però, io non avevo intenzione di tornare a giocare in un saloon e non avrei perso la mia vincita come aveva fatto lui. Più altri soldi. «Non riesco a crederci.»

«Io non riesco a credere di non aver tirato un pugno in faccia a nessuno per averti guardata come stavano facendo. Ed ero seduto proprio accanto a te.»

Aveva il tono di voce di un orso infastidito. Gli diedi una pacca sull'avambraccio per confortarlo. Eravamo entrati nel saloon un'ora prima, e per quanto gli uomini all'interno – così come le donne che vi lavoravano – avessero adocchiato con sospetto la mia presenza, erano rimasti in silenzio. Specialmente quando Jonah aveva detto che sua moglie voleva giocare a carte con un tono e un atteggiamento che non ammettevano repliche. Inizialmente erano stati al gioco, specialmente quando avevo perso la prima mano intenzionalmente. Quando avevo sbancato al secondo giro, però, avevano smesso di mostrarsi compiacenti. E quando avevo vinto ancora, e ancora, mi avevano guardata furiosi. Jonah mi aveva protetta quando gli uomini avrebbero potuto cambiare idea e riprendersi i soldi.

«Sì, ma ho vinto.»

Lui affrettò il passo, ed io praticamente dovetti correre per stargli dietro.

«Il che significa che potrebbero starci seguendo per riprendersi i soldi.»

Io mi diedi un'occhiata alle spalle e quasi inciampai. Jonah mi strinse il braccio per impedirmi di cadere.

«Vuoi rallentare?»

Lui si fermò ed io gli andai a sbattere contro. «Jonah.»

E riteneva che fossi io quella ostinata.

I suoi occhi azzurri incrociarono i miei, poi si abbassarono sulle mie labbra. Un ringhio gli proruppe nel petto. «Stiamo correndo perchè voglio scoparti. Guardarti là dentro me l'ha fatto venire duro.»

Abbassai lo sguardo e, come previsto, lo spesso profilo della sua erezione era ben visibile attraverso i pantaloni.

Mi si indurirono i capezzoli in una risposta istintiva. Mi ero abituata in fretta a quella voce profonda, al desiderio palese nei suoi occhi azzurri. Annuii perché non potevo rifiutare. Non volevo. Volevo trovare un angolo buio da qualche parte e permettergli di fare di me ciò che voleva.

«Prima l'ufficio telegrammi, poi a casa,» Jonah praticamente ringhiò. «James non vorrà sentirsi tagliato fuori.»

Svoltammo l'angolo e ci dirigemmo a nord. Immaginai che fosse la direzione giusta. Ero stata a Travis Point solamente una volta e... per l'amor del cielo, era stato breve, ma intenso. Mi guardai attorno, sperando che non ci fosse il ministro nei paraggi dal momento che non pensavo che sarei mai riuscita ad incrociare il suo sguardo. Dall'altra parte della strada stavano scaricando una diligenza ed io notai i passeggeri che sbarcavano, ma non prestai loro alcuna attenzione.

Poi, guardai di nuovo. I miei piedi si fermarono, Jonah che mi strattonava il braccio facendo un altro passo.

«Ginny!» gridai, il cuore che mi batteva all'impazzata. «Georgia! Jonah, ci sono le mie sorelle.» Allungai una mano e gli diedi una pacca sul ventre per attirare la sua attenzione, ma ci ero riuscita già con le mie grida.

Cercai di correre verso di loro, ma Jonah mi avvolse un braccio attorno alla vita e mi tirò indietro così da non farmi investire da un uomo a cavallo. «Piano, Micina.»

Non avevo la pazienza di attendere. Una volta che ci fu strada sgombra, Jonah mi scortò verso di loro.

«Tennie, non riesco a credere che tu sia qui!» urlò Ginny.

Quando ci furono solamente un paio di metri a separarci, Jonah lasciò andare la presa ed io corsi da loro, abbracciandole entrambe nello stesso momento. «Io? Che cosa ci fate *voi* qui?»

Risi, piansi e le abbracciai, sconvolta dalla loro presenza.

Io ero la figlia di mezzo, Ginny aveva due anni più di me, Georgia due in meno. Ci assomigliavamo tutte con i capelli chiari e la corporatura minuta, spesso ci prendevano per gemelle.

«Siamo venute qui per stare con te,» cominciò Ginny.

«Ma tu non eri a Butte,» concluse Georgia emozionata.

«La scuola di èlite ci ha detto che qualcuno di recente era venuto a prendere il tuo baule e ci hanno comunicato la destinazione. Stavamo andando là,» concluse Ginny.

Non le vedevo da due anni. Per quanto Ginny non fosse poi cambiata tanto, Georgia sembrava più vecchia, una donna adulta, ormai.

Non riuscivo a smettere di sorridere, così emozionata di trovarmele di fronte. Le mie emozioni erano travolgenti. Non mi sarei mai, mai aspettata di vederle lì. Ed ero stata così preoccupata, così spaventata per loro con lo scagnozzo del Signor Grimsby da qualche parte nel North Dakota.

«Siete venute per stare con me? Io... non capisco.»

Ginny si guardò oltre la spalla, poi allungò un braccio, un uomo che le sorrideva e le prendeva la mano, affiancandosi a lei. Era molto più alto di lei, con i capelli scuri e un abito elegante che gli stava a pennello, ma era stanco dal viaggio. Era bellissimo e aveva occhi solamente per Ginny. «Lui è Tom, mio marito.»

Tom mi rivolse un cenno col cappello e sorrise. «Ho sentito così tante cose sul tuo conto e sono felice di riuscire finalmente a dare un volto a tutte quelle storie.» Sembrava gentile e il modo in cui posò una mano sulla spalla di Ginny mostrava il loro affetto.

«Non sono l'unica con delle *storie*,» gli dissi. «Tua moglie ne ha un bel po' da raccontare.»

Ginny roteò gli occhi.

«Io... è meraviglioso,» balbettai. «Quando... voglio dire-»

Lei rise ed io non potei fare a meno di imitarla. «Un mese fa, dopo che Papà se n'è andato.»

Smettemmo di sorridere nel nominarlo.

«Conoscevamo le sue intenzioni, Tennie, ma non potevamo farci nulla. Fino a Tom.» Ginny guardò suo marito da sopra la spalla e sorrise.

«Una volta sposati, sono stato in grado di accompagnarle qui,» disse Tom. «Mi rifiutavo di permettere loro di viaggiare da sole.»

Non potei non notare il borbottio divertito o d'assenso da parte di Jonah, che mi stava alle spalle.

«Eravamo preoccupate per te, per la natura dispotica di Papà,» disse Georgia. Perfino allora, sembrava un po' intimorita ad ammetterlo. «Il suo giocare d'azzardo.»

«È morto,» sbottai io.

Mi morsi un labbro e studiai le mie sorelle, che spalancarono gli occhi fissandomi. Non avevo voluto essere tanto diretta.

Dopo la loro iniziale sorpresa, sembrarono solenni, non turbate.

«Ad essere onesta, non mi sorprende,» disse infine Ginny. «Era... incauto. Hai intenzione di raccontarci cos'è successo?»

Annuii. «Più tardi.»

La maggior parte dell'entusiasmo ormai era svanito, per tutte quante, ma Tom riuscì a riprendere il filo del discorso. «Sono felice che siamo qui, dunque.» Strinse la spalla di Ginny. «Abbiamo parlato e abbiamo deciso che un nuovo inizio ci avrebbe fatto bene. Io sono un avvocato e spero di poter avviare uno studio qua in zona. Un posto nuovo.» Si guardò attorno, come se Travis Point fosse una possibilità. «Ma non a Butte. Non mi è sembrata tanto allettante.»

Georgia scosse con veemenza la testa. Sapevo quanto odiava la vita di città, era molto più felice in campagna con la quiete che offriva.

«L'autista della diligenza ci ha parlato di Bridgewater, però,» aggiunse Tom.

Lo fissai per un istante, poi scoppiai a ridere. Voltandomi, sollevai lo sguardo su Jonah. Anche lui aveva trovato le parole di Tom altrettanto divertenti. «Io sono Jonah, il marito di Tennessee.» Si sporse in avanti e strinse la mano di Tom, facendo un cenno col cappello in direzione sia di Ginny che di Georgia.

Georgia trasalì, sogghignò e scrutò Jonah con palese interesse. «Tennie, hai delle pessime maniere. Non riesco a credere che tu non abbia detto qualcosa prima. Un fratello che non ho mai avuto.»

«Pensavo di essere io,» replicò Tom, divertito.

«Posso averne più di uno,» controbatté lei, posandosi una mano sul fianco.

Sì, e se fosse stabilita a Bridgewater, avrebbe potuto avere più di un marito.

«A proposito di più di uno,» replicai, poi guardai Jonah, che annuì. «Ho molte cose da dirvi.»

«Prendiamo i nostri cavalli e un carretto per le vostre cose,» disse Jonah, e mi resi conto che il pontile di Travis Point non era il luogo adatto in cui condividere la mia storia. Ci condusse tutti verso lo stallaggio. «Starete al mio ranch fino a quando non avrete trovato una sistemazione. Sono sicuro che sarete stanchi dopo il lungo viaggio e vorrete riposarvi.»

Non passò molto prima che fummo diretti fuori città. Ginny e Georgia erano sedute ai due lati di Tom sul sedile alto del carro. Mi bombardarono con così tante domande – riguardo alla scuola, a Papà, ad Abigail, di cui avevo parlato loro nelle mie lettere, di come avessi conosciuto Jonah – che non ebbi l'opportunità di dire loro di James. Che fossi sposata con due uomini. Jonah cavalcava al mio fianco e non fece pressione al riguardo, cosa per cui gli fui grata. Non mi vergognavo di James o di Jonah, ma dirlo a qualcuno che non era abituato al concetto di due uomini che sposano una donna non era semplice.

Forse era per quello che le famiglie di Bridgewater non lo facevano tanto spesso.

Dubitavo che Ginny o Georgia mi avrebbero giudicata, ma avrebbero dovuto abituarsi un po' a pensare alla loro sorellina con due uomini. Io mi stavo appena abituando all'idea che fossero lì, figuriamoci dover spiegare loro qualcosa di tanto... diverso. Ero grata del fatto che Jonah mi stesse permettendo di condividere la cosa a mio tempo.

Tom stava ponendo a Jonah domande riguardo alle coltivazioni e al bestiame, se ci fosserò già avvocati nell'area, quando si avvicinò un uomo a cavallo.

Abel. Indossava gli stessi abiti di quella mattina, ma il suo volto era coperto dal sole da un cappello a tesa larga che sembrava uguale a quello di Jonah.

Mi si contorse lo stomaco per la preoccupazione quando ci raggiunse e fermò il cavallo. Non mi aveva rivolto la parola, e sapevo della sua delusione nei confronti di suo padre per il nostro matrimonio. Abel fece un cenno di saluto col cappello. «Signore.»

«Mio figlio, Abel,» lo presentò Jonah, poi presentò le mie sorelle e Tom.

«Vi ho visto in lontananza e volevo raggiugervi subito,» esordì, poi guardò me e mi rivolse un cenno del capo. Non sembrava arrabbiato. Sembrava... preoccupato. «Dovete andare subito al ranch dei Carr. Qualcuno è arrivato poco fa a chiamarvi entrambi. C'è qualcosa che non va con James. Hanno chiamato il dottore.»

Fui colta dal panico. «Jonah,» mormorai, poi mi morsi un

labbro, mentre allungavo una mano verso di lui. Lui strinse la mandibola e imprecò tra i denti mentre si avvicinava abbastanza da prendermi per mano. Me la strinse. «Il suo cuore.»

Tutto dentro di me si immobilizzò. Non sentivo il vento, gli uccelli. Il cavallo di Abel che sbuffava dopo la corsa attraverso la prateria. «Cos'ha che non va il suo cuore?» sussurrai, incapace di pronunciare quelle parole più forte.

Lo sguardo di Jonah fu serio mentre incrociava il mio. «È malato, Micina.»

Malato? Oddio. Stava bene quella mattina, impaziente di riavermi a casa così da poter fare cose oscene con me. Mi ricordavo del suo sorriso. Il suo bacio. Le sue ultime parole. *Torna presto, moglie. Ho dei piani in serbo per te.*

«Mi occuperò io delle tue sorelle,» disse Abel, distraendomi dai miei pensieri. «Va'.»

«Tennie, chi è James?» chiese Georgia.

Lanciai un'occhiata a Jonah e deglutii forte. Non avevo intenzione di piangere. Non era quello il momento di crollare. James aveva bisogno che fossi forte. Guardai mia sorella.

«L'altro mio marito.»

11

ONAH

Galoppammo a rotta di collo verso casa di James. Casa *nostra*. Dovevo sperare che l'umore di Abel fosse cambiato e che sarebbe stato un ospite a modo. Per quanto Tennessee avesse coraggiosamente affermato di avere due mariti, speravo anche che Abel non avrebbe parlato male di un matrimonio alla Bridgewater alle sue sorelle. Erano proprio come Tennessee, curiose e troppo zelanti. Tuttavia, non era un mio problema al momento, specialmente dal momento che erano tutte congetture.

James avrebbe potuto morire in quell'istante. Defunto.

Cazzo. Non volevo che succedesse. Non volevo che quel vecchio ciarlatano del dottore avesse ragione.

Lanciai un'occhiata a Tennessee che cavalcava al mio fianco. Stava in sella in maniera bellissima, non aveva alcun problema a tenere il passo. La cuffia le penzolava dal nastro, i capelli che le scendevano in una treccia lungo la schiena, ma delle lunghe ciocche voleggiavano al vento. Vedevo solamente una forte determinazione sul suo volto.

«Parlami del cuore di James,» mi disse, senza guardarmi.

«Non so molto altro a parte il fatto che si sia preso un'influenza la settimana scorsa. Abigail ha chiamato il dottore e quello ha trovato un difetto nel suo cuore.»

«Lo sapevi e non me l'hai detto?»

«L'ho scoperto solamente l'altro giorno io stesso.»

«È per questo che... oddio, è per questo che mi hai sposato anche tu.» Si voltò a guardarmi, ma io non risposi. Sapeva che cosa provavo, gliel'avevo detto solamente poche ore prima. Non mi sarei messo a discutere in quel momento.

Forse lei la pensava come me, perchè mi chiese, «È una cosa brutta?»

Annuii, per quanto non ne avessi veramente idea.

«Il dottore è vecchio abbastanza da essere mio nonno e già io non sono giovane. Dubito che sia adatto a ricoprire il suo ruolo, magari a spaventare a morte i propri pazienti con informazioni potenzialmente false.»

«Ma non in questo caso,» replicò Tennessee.

Non sembrava. Avrei voluto solamente che il ranch fosse più vicino. Ora capivo perchè James mi avesse chiesto di essere il marito di Tennessee. Se avessimo scoperto che era morto, lei non sarebbe rimasta sola. Aveva bisogno di qualcuno, ed io volevo essere quel qualcuno. Lei desiderava anche James, lo amava. Ci credevo. Se fossimo stati solamente io e lei, ci sarebbe mancato qualcosa. Il nostro matrimonio non sarebbe stato lo stesso perchè il nostro matrimonio eravamo io, James e Tennessee. Insieme.

Tennessee scese di sella prima che potessi aiutarla e si precipitò su per i gradini della veranda. «James!»

La porta era spalancata per il bel tempo e ne uscì un uomo. Non James.

Sollevò la mano e Tennesse si fermò di scatto, il respiro affannato.

«Signora, sono il Dottor Hiller.»

Non era il solito dottore di paese che aveva visitato James in passato. Non avevo mai visto il Dottor Hiller prima d'ora, ma era giovane – più giovane di me – con un atteggiamento placido e mani ferme.

«James,» ripeté lei.

Feci i gradini con più lentezza, ma ero altrettanto in ansia.

Lui le rivolse un piccolo sorriso e si spostò di lato. «In salotto.»

Tennesse lo superò di corsa ed io la seguii, ignorando il dottore.

Lì, sul divano, c'era James. Era sdraiato su un fianco, la testa sorretta da un cuscino, i piedi su un altro.

Era vivo, con quella che sembrava essere una gamba rotta.

Tennessee si lasciò cadere a terra accanto alla sua testa, gli prese una guancia, mormorò il suo nome, lo baciò in volto.

«Micina, mi piace averti inginocchiata di fronte a me, ma non hai il mio cazzo in bocca.»

Il forte odore di whiskey riempiva l'aria. James non era morto, era ubriaco.

———

TENNESSEE

Era vivo. Grazie al cielo.

«Il suo cavallo è inciampato nella tana di un cane della prateria e James è stato sbalzato di sella,» disse il dottore.

Lo guardai da sopra la spalla, adesso che ero in piedi accanto a Jonah. Se l'avesse sentito accennare al suo cazzo nella mia bocca, non gli importava. Io non avevo intenzione di sollevare la questione. Non me ne fregava di nulla a parte il fatto che James fosse vivo.

«Si è rotto il perone.» Ci guardò tutti. «Si è rotto un osso della parte inferiore della gamba. Una frattura pulita ed io l'ho rimesso in sede. Ecco perché è ubriaco.»

«Ero così preoccupata,» gli dissi. «Dio, se ti fosse successo qualcosa...»

«Sto bene, Micina. Sono solo un po' ubriaco,» disse James, dopodichè svenne. Io gli sorrisi e gli accarezzai i capelli setosi, scrutandolo da capo a piedi.

La gamba destra dei pantaloni era strappata dall'orlo fino al ginocchio, la gamba steccata e avvolta in diverse strisce di stoffa. Non aveva lo stivale e quel piede era scalzo. Aveva la camicia e i pantaloni impolverati per via della caduta e, naturalmente, più in alto, l'occhio livido.

Puzzava effettivamente di alcol e non c'era da meravigliarsi. Pensai al saloon in cui eravamo stati io e Jonah prima. Whiskey, se avessi dovuto tirare a indovinare. Se il dottore avesse dovuto risistemarmi un osso nel corpo, anch'io avrei voluto bere pesantemente. Povero piccolo. Chinandomi, gli diedi un bacio sulla fronte.

«È tutto qua?» chiese Jonah.

Il dottore si acciglió. «Non ha lamentato altro di rotto. Non ha colpito la testa.»

«E il suo cuore?» domandò Jonah, ed io trattenni il fiato.

«Il suo cuore?»

«È venuto qui l'altro dottore la settimana scorsa. Gli ha detto che ha il cuore malato.»

L'uomo si passò una mano sulla nuca. Era forse un centimetro più basso di Jonah, ma dieci chili più leggero. Era piuttosto esile, ma affabile. «Il Dottor Bruin si è ammalato a sua volta. C'è qualcosa in circolazione, forse la stessa influenza di stagione che si è preso James la settimana scorsa.»

«L'hanno avuta anche alcuni dei lavoratori qui al ranch,» lo informò Jonah.

Lui attraversò la stanza, prese la sua borsa a tracolla di pelle e andò da James. Io mi alzai e mi spostai per fargli spazio, andando da Jonah. Lui mi avvolse un braccio attorno alla vita, tenendomi vicina a sè. Lo osservammo estrarre qualcosa dalla borsa e usarlo per auscultare il petto di James.

Sollevai lo sguardo su Jonah, vidi la calma su cui ormai contavo. Attendemmo pazientemente e osservammo.

Quando ebbe finito, il dottore rimise lo strumento da auscultazione nella borsa.

«Il suo cuore è a posto.» Si erse in tutta la sua altezza. Sospirò. Spostò lo sguardo da James a noi.

James era a posto? Stava bene? Era possibile?

«Credo che il Dottor Bruin abbia fatto un po' di confusione. James Kincade, giù in prossimità di Simms, è morto due giorni fa nella sua latrina. Sembra un po' strano, ma succede piuttosto di frequente. Non scenderò nei dettagli, ma lui aveva il cuore difettoso.»

«James *Kincade*?» domandai, pensando che assomigliasse abbastanza a James Carr. «Non lo conosco, ma mi spiace per la sua famiglia.» Ero sollevata a spese del dolore di qualcun altro.

Il dottore scosse la testa. «Aveva ottantacinque anni ed era irascibile come pochi. Penso che sarebbe felice di sapere che i suoi figli l'hanno trovato con le braghe calate.»

Il dottore sorrise. Era avvezzo alla morte e probabilmente grato quando arrivava rapida e facile, o, nel caso del Signor Kincade, dopo una vita piena.

«Credo che il Dottor Bruin abbia scambiato James Carr, qui presente» - accennò a James addormentato sul divano - «con James Kincade. Hanno circa cinquant'anni di differenza, per cui mi devo chiedere se non sia il caso che il vecchio dottore si goda la pensione.»

La realtà di quell'istante mi si posò addosso come una coperta pesante. Davvero James non stava morendo. Non aveva il cuore difettoso. Non potei fare a meno di lasciarmi andare contro Jonah per il sollievo.

«Vi ringrazio, Dottore,» dissi. «Saremo felici di dare la bella notizia a James.»

«Una volta che si sarà ripreso dalla sbornia,» aggiunse James.

JAMES

QUANDO MI SVEGLIAI, MI PARVERO SUBITO CHIARE DIVERSE cose. Avevo la testa che pulsava, la bocca sembrava piena di muschio del letto del ruscello, la gamba mi faceva un male cane appoggiata su un cuscino e Tennessee era addormentata addosso a me.

Le accarezzai i capelli, ma lei non si svegliò.

«Tieni,» mormorò Jonah, porgendomi un bicchiere d'acqua. Sollevato com'ero, lo mandai giù avidamente, poi glielo ridiedi. «Quando siete tornati?» chiesi, lanciandogli un'occhiata. Era seduto nella comoda poltrona accanto a me, con un libro in grembo.

Era ancora chiaro fuori, ma a giudicare dalla luce fioca, il sole stava tramontando. Dovevo aver dormito per diverse ore.

«Sei stato sveglio per un minuto quando siamo arrivati, ma eri anche pieno di whiskey.» Posò il bicchiere su un tavolino alla sua sinistra. «È facile immaginare perché non te ne ricordi. Come sta la gamba?»

«Male. Per fortuna il cavallo non si è ferito.»

La sposa indisciplinata

Se l'animale si fosse rotto la zampa nella tana del cane della prateria, avrebbe dovuto essere abbattuto.

«Il dottore ha detto che non devi montare in sella per almeno un mese.»

Io spostai leggermente l'anca, cercando di mettermi più comodo, ma non volevo rischiare di svegliare Tennessee. Abbassai lo sguardo sul suo volto addormentato. Aveva una spruzzata di lentiggini sul naso come zucchero alla cannella, le labbra rosee e piene. Sembrava serena.

Era bello stringerla tra le braccia, sentirla appoggiata a me.

«Penso di poter trovare dei modi in cui intrattenermi nel mentre,» gli dissi.

«Sì, molti.» Ero felice che fosse altrettanto propenso, dal momento che ciò significava che, per quanto io avessi bisogno di riprendermi, non aveva intenzione di ridurre le nostre attenzioni nei confronti di nostra moglie. Le mie, soprattutto.

«Non stai morendo,» mi disse.

Io a quel punto mi irrigidii, ricordandomi dei miei problemi di cuore. «Cosa?»

«Il dottor Hiller ti ha controlalto dopo che sei svenuto. Ti ha auscultato il cuore.»

«Ma il Dottor Bruin-»

Jonah sollevò una mano. «È troppo vecchio per fare questo lavoro. Sembra che ti abbia confuso con James Kincade.»

«Chi diavolo è?» domandai, cercando di ricordarmi di mantenere la voce bassa.

«Un ottuagenario nei pressi di Simms che è morto di crepacuore. Penso che dovremo vedere il Dottor Hiller d'ora in avanti,» mi rispose beffardo.

«Ha auscultato il mio cuore per poi dirmi che era malato.»

«Ha auscultato il tuo cuore, poi ha pensato che fossi James Kincade.» Fece spallucce. «Per quanto sia sano nel corpo, pare che la sua mente stia vacillando.»

Non stavo morendo. Il dottore si era sbagliato. *Cazzo*.

Sospirai, un sorriso tremulo che mi si apriva in volto. Il sollievo mi fece battere forte il cuore sano ed avrei avuto voglia di alzarmi e mettermi a ballare per la stanza. Poi, mi ricordai della mia gamba. «Diamine, una gamba rotta è di certo meglio di un cuore malandato.»

«Decisamente. So che volevi sposare tu stesso la Micina. Ti dà fastidio che abbia il mio nome?»

Guardai il mio amico, vidi la sua espressione aperta, la sua preoccupazione. La situazione non sarebbe cambiata. Non poteva smettere di essere suo marito. Lei era la Signora Jonah Wells, non la Signora James Carr. Ma aveva importanza? Ce l'avevo stesa addosso. Era corsa in casa, preoccupata per me, baciandomi in volto. Avevo fatto l'amore con lei. Me l'ero scopata. Lei era mia, a prescindere dal nome. Era così che era un matrimonio alla Bridgewater, concedersi del tutto superando perfino i limiti della normale società. Il pensiero che stessi per morire mi aveva fatto vedere le cose in un certo modo.

«Ammetto che mi ha infastidito. Ma ora non più. Non c'è dubbio sul fatto che sia nostra. Abbiamo il suo cuore tanto quanto io le ho donato il mio.»

«Ed io le ho donato il mio,» aggiunse Jonah.

Tennessee a quel punto si svegliò, sollevando la testa per incrociare il mio sguardo. Sbattè le palpebre, poi sorrise.

«Ciao, Micina.»

Lei si sollevò, poi si ricordò della mia gamba e si fermò. Io la strinsi in vita e la tenni ferma. «Non andartene.»

«Io... non voglio farti male.»

«Mi farà male se ti alzi.» Sollevai i fianchi così che potesse sentirmi, duro e spesso contro il suo ventre.

La sposa indisciplinata

Lei roteò gli occhi ed io non avrei potuto essere più felice. «Perfino adesso?»

«Sempre.»

«Perchè non mi hai raccontato di quanto aveva detto il Dottor Bruin?» mi chiese.

«Perchè non volevo spaventarti.» Quando lei aprì la bocca per dire qualcosa, io la fermai. «Sai da quanto tempo ti desideravo?» Le accarezzai i capelli, come la brava micina che era.

«Da quando mi hai trovata alla casa del Signor Grimsby l'altro giorno, quando ci siamo incontrati sul marciapiede.»

Scossi la testa. «Due anni.»

I suoi bellissimi occhi si spalancarono sconvolti. «Due-»

«Sin dal giorno in cui ho portato Abigail a scuola. Ti ho vista allora ed è stata la mia fine.»

Lei sgranò gli occhi. «Davvero?»

Annuii. «Indossavi un abito azzurro, dello stesso colore dei tuoi occhi. Avevi i capelli raccolti con un nastro di velluto. Eri fuori e si è alzato il vento. Il nastro si è sciolto ed è volato via.»

«Io... me lo ricordo.»

«Jonah, va' alla scrivania, apri il cassetto in alto a sinistra.» Allungai una mano, indicando dall'altro lato della stanza.

Lui fece come gli avevo chiesto e tornò.

«Il mio nastro!» Allungò una mano e glielo prese, facendo scorrere il pollice sul tessuto morbido proprio come avevo fatto io un centinaio di volte.

«Ti ho pensata mia da allora.»

«È vero, Micina,» confermò Jonah. «Ha trascorso diverse notti in inverno a raccontarmi tutto di te. Non sapevo del nastro, ma direi che eri stata rivendicata.»

«Perché non ti sei presentato? Non hai detto *qualcosa*?» mi chiese, la voce piena di meraviglia.

Le diedi un colpetto sul naso. «Perché eri troppo giovane. Non eri pronta per il matrimonio.»

«Ero pronta per te. Anch'io ti ho visto,» ammise, le sue guance che arrossivano in maniera adorabile. «Ero solamente una scolaretta, l'amica di tua sorella. Io... non pensavo che saresti stato interessato.»

La strinsi di nuovo, sentendo ogni singolo centimetro morbido del suo corpo sdraiato su di me, poi le feci scorrere la mano verso il basso fino a prenderle una natica.

«Ti sembra che non sono interessato?»

«Se non l'avessimo tenuto nascosto, però,» disse lei.

«Ci sono un bel po' di segreti,» aggiunse Jonah.

Lo guardai.

«Diglielo, Micina.» La voce di Jonah si fece più profonda, ma rimase gentile.

Lei lo guardò. «Sissignore.»

E così mi raccontò della sua giornata. Tutta quanta. Cominciò con l'arrivo al ranch, l'incontro con Abel e come lui l'avesse a malapena salutata. Jonah condivise la discussione disastrosa che aveva avuto con suo figlio.

«Gli passerà. Non ha scelta,» dissi loro. Non che il fatto che lui si rassegnasse al nostro matrimonio fosse ciò che chiunque di noi volesse. Nonostante Abel fosse sembrato uno stronzo arrogante, lui e Jonah andavano d'accordo. Speravo che la cosa proseguisse.

«Io ho origliato parte della conversazione e me la sono... presa. Ho pensato... ho pensato che Jonah mi avesse sposata solamente perché costretto a farlo.»

Jonah grugnì in risposta e la prese per mano.

Io avevo la gamba e la testa che pulsavano per il dolore e per l'alcol, ma afferrai le sue parole.

«Oh, vuoi dire per via del tuo primo matrimonio.»

Jonah annuì. «Sono finito in trappola. Due volte, ma l'ho

reso molto chiaro, non è vero, Tennessee? Sono stato contento di finire in trappola con lei.»

Li guardai entrambi, vidi qualcosa di diverso. I loro sguardi erano più aperti, più intimi. Mi sentivo... tagliato fuori. «Avresti potuto essere tu invece di Jonah.»

«Cosa? A venire sorpreso col cazzo nella tua bocca?» Mi ricordai della sensazione bagnata e vellutata della sua lingua che me lo leccava, la dolce suzione che mi aveva svuotato le palle.

Lei arrossì, ma annuì.

«Micina, sono rimasto fregato nell'istante in cui ti ho vista,» aggiunsi. «Ammetto che avrei voluto essere io a pronunciare i voti in chiesa, ma non ha importaza. Tu sei mia e non ti libererai di me.» Lo dicevo sul serio, ora più che mai. Non stavo per morire. Be', non prima di chiunque altro.

Lei piegò la testa di lato e mi offrì il più bel sorriso. Sporgendosi, mi baciò piano, come se mi fossi fatto male alle labbra, non alla gamba.

«Ci sono qui le sue sorelle,» disse Jonah, e Tennessee si ritrasse.

Guardai oltre la sua spalla come se si fossero nascoste da qualche parte.

«A casa mia,» chiarì Jonah. «Eravamo a Travis Point e loro erano appena arrivate con una diligenza da Butte.»

I suoi occhi si illuminarono di entusiasmo. «Sono qui! Ginny è sposata e tutti e tre – Ginny, Tom e Georgia, vogliono stabilirsi qui. Resteranno a casa di Jonah fino a quando non troveranno un posto tutto loro.»

«Sono sicuro che la Signora Tunbridge sia al settimo cielo.» Con Abel adulto a cui non serviva più una figura materna, di sicuro era un tantino annoiata a prendersi cura di due scapoli.

«Ne sono certo. Non eravamo nemmeno arrivati a casa

quando Abel ci è venuto incontro dicendoci del tuo incidente,» disse Jonah. «Siamo venuti direttamente qui.»

«Sono emozionato per le tue sorelle,» dissi, felice che avrebbe avuto un po' della sua famiglia con sè, specialmente visto che suo padre era un fottuto bastardo. E morto. «Ma perchè eravate a Travis Point?»

Dovevano andare al ranch di Jonah, incontrare Abel e la Signora Tunbridge, magari fermarsi per pranzo e poi tornare.

«Raccontagli tutto, Micina,» aggiunse Jonah. «Di Grimsby.»

«Grimsby?» ringhiai io.

Tennessee trasse un respiro profondo e lo lasciò andare. Lo feci anch'io, dal momento che avevo sperato di non sentire parlare mai più di lui. Mi sistemai il cuscino dietro la testa e lei cominciò, raccontandomi di come quell'uomo avesse mandato qualcuno a fare del male alle sue sorelle, di come lei avesse avuto intenzione di salvarle. Quando ebbe finito, mi venne voglia di andare a Butte, trascinare il Signor Grimsby fuori dalla sua cella e pestarlo a sangue.

«Sono al sicuro, allora,» dissi. «Chiunque sia stato mandato a Fargo lascerà perdere e tornerà a scoprire di non avere più un datore di lavoro. Non ha motivo di continuare nella ricerca se non verrà pagato.»

Jonah annuì. «Esattamente ciò che ho pensato anch'io. E Virginia Bennett adesso ha preso il cognome di suo marito. A nessuno di loro piaceva Butte, per cui dubito che gli arriverà mai parola di Georgia.»

Sapendo che peso si fosse portata sulle spalle e rendendomi conto di averla fraintesa, mi fu chiaro. Non era indisciplinata, era coraggiosa. Determinata, perfino.

«Ho vinto i soldi che volevo. Ho giocato a poker in un saloon! Non preoccuparti, avevo Jonah accanto a me,» aggiunse, dandomi una pacca sul petto.

La sposa indisciplinata

Era molto entusiasta al riguardo ed io lanciai un'occhiata a Jonah. Lui annuì, ma non commentò. Gli avrei strappato i dettagli più tardi.

La guardai. «Abbiamo fatto supposizioni sul tuo conto, non è vero, Micina?»

Lei si morse un labbro e incrociò il mio sguardo. «Non vi ho reso le cose facili.»

No, era vero, e dubitavo che l'avrebbe mai fatto. Non la volevo in alcun altro modo. Lei era mia.

«Mi dispiace, Micina,» mormorai, sollevando la testa quel tanto che bastava per darle un bacio in fronte.

«Sembra che tu non sia stata la cattiva ragazza che pensavamo.»

«Magari lo sono stata un po',» ammise lei, giocando coi bottoni della mia camicia.

«Oh?»

«Perché se faccio la brava, non vengo sculacciata.»

Mi guardò attraverso le ciglia, con lo sguardo speranzoso, un tantino timido e un sacco sfacciato.

«Non preoccuparti minimamente del tuo bel culo,» le disse Jonah, chinandosi in avanti e dandole una piccola sculacciata sulla natica sporgente. «Ci piace quando fai un po' la cattiva.»

Avevo l'uccello duro, ormai, al pensiero di metterla di nuovo a quattro zampe, questa volta per scoparmela.

«Cazzo, ce l'ho duro,» ammisi.

Con cautela, lei mi scese di dosso, prendendo la mano di Jonah per sostenersi mentre si alzava. «Sei ferito,» disse, abbassando lo sguardo sul mio corpo, cosa che non fece che farmelo venire ancora più duro. «La gamba deve farti male. Non puoi seriamente pensare di fare... *certe cose* adesso?»

«Può *pensare* tutto quello che vuole,» replicò Jonah.

Sospirai. Avevano ragione. Il mio uccello avrebbe dovuto aspettare. Se non altro ancora un altro po'.

«Una settimana dovrebbe bastare,» aggiunse Jonah.

Mi sollevai sui gomiti e gemetti leggermente di dolore. «Una settimana?»

Lui sogghignò ed io ricaddi sul divano, per nulla contento. Avevo una bellissima moglie dentro la quale volevo affondare.

«*Due* giorni,» borbottai. «Due giorni, Micina.»

«Il dottore ha detto un mese,» controbatté lei, per quanto si morse un labbro, probabilmente riflettendo sul fatto che quel lasso di tempo sarebbe stato troppo lungo anche per lei.

Sogghignai, poi mi sistemai l'uccello nei pantaloni. Ero a disagio ovunque. «Riesco a pensare ad un paio di modi in cui scoparti senza dover fare io tutto il lavoro. Io me ne starò semplicemente sdraiato a letto, proprio così, e tu puoi cavalcarmi.»

«Ed io ti entrerò nel culo,» mormorò Jonah.

Oh cazzo, noi che ce la prendevamo insieme. Rivendicandola finalmente del tutto. Due giorni. Sarebbero stati i due giorni più lunghi della mia vita.

12

ENNESSEE

Resistemmo diciotto ore. Diciotto ore, dopodiché non riuscimmo ad attendere oltre. I miei uomini di certo non me l'avevano resa facile. In effetti, stavo cominciando a pensare che mi avessero intenzionalmente spinta al punto in cui non sarei più stata in grado di sopportare.

La sera prima, James aveva accettato di prendere un po' di laudano per dormire la notte. Io avevo voluto restare con lui, per cui Jonah aveva dormito ancora una volta nell'altra stanza.

Durante il giorno, però... con James di nuovo sistemato sul divano, questa volta seduto dritto, mi aveva avuto a sua completa disposizione. Non solo gli avevo portato il cibo da mangiare e dei libri da leggere, ma l'avevo anche baciato a sua richiesta. Presto, non gli era più bastato e mi aveva detto di sbottonarmi l'abito. Mi aveva baciato lungo tutto il decollete al di sopra del corsetto. Un paio d'ore più tardi, il corsetto era stato slacciato e lui mi aveva baciato i seni, succhiando e leccando prima un capezzolo e poi l'altro, lasciandomi ansimante e vogliosa. Giunto il tardo pomeriggio, mi aveva infilato la mano sotto l'abito e mi aveva portato all'orgasmo con le dita. Proprio come in chiesa, ero stata così vogliosa di lui che mi ero messa in ginocchio, slacciandogli i pantaloni e succhiandogli voracemente l'uccello fino a quando non avevo mandato giù tutto il suo seme.

Quando mi ero leccata le labbra raccogliendo le ultime gocce della sua essenza e avevo sollevato lo sguardo su di lui, avevo capito di avere un bel po' di potere. L'avevo eccitato, l'avevo fatto venire. *Io*.

Le mie sorelle, Tom ed Abel erano venuti per cena. James aveva mandato uno dei suoi dipendenti al ranch dei Wells con l'invito. Sembrava che Abel fosse stato un ottimo ospite e che non solo li avesse fatti sentire a casa, ma avesse spiegato loro in cosa consistesse un matrimonio alla Bridgewater. Gliene fui grata, perchè me n'ero andata via al galoppo senza fornire alcuna spiegazione sul fatto di avere due mariti. Per quanto riguardava Abel stesso, mi aveva presa da parte per scusarsi per la sua mancanza di cortesia e si era comportato affabilmente con suo padre.

Non indugiarono, ma io promisi di andare a far visita alle mie sorelle il giorno dopo: noi tre volevamo parlare senza avere gli uomini nei paraggi. Be', io sapevo di voler parlare e loro mi avrebbero posto delle domande. Tuttavia, ciò sarebbe avvenuto l'indomani. Nel frattempo...

Era tardi, aveva cominciato a fare buio e una fresca brezza estiva entrava dalla finestra aperta. Io non avevo minimamente freddo nonostante fossi nuda, dal momento che c'era chi mi stava scaldando a dovere.

James era sdraiato, nudo, al centro del letto, la testa

La sposa indisciplinata

appoggiata a un cuscino. Aveva la gamba ben steccata e sembrava sofferente. Tuttavia, non era la sua gamba a conferirgli quell'espressione, bensì il suo uccello. Lo stringeva alla base, accarezzandosi il membro gonfio. Svettava verso il soffitto e aveva delle spesse vene sporgenti. La punta era larga – me l'ero presa in bocca? – e di un color viola scuro.

«Cazzo, vederti così, Micina, mi sta uccidendo. Ma che bel modo di andarmene.»

Io ero a quattro zampe, ma girata dalla parte opposta, le mani a stringere la pediera in ottone del letto. Jonah mi aveva stuzzicata così a lungo, giocando coi miei seni, strattonandomi i capezzoli... pizzicandoli. E più in basso, mi aveva stuzzicato la figa con le dita, sfruttando la mia eccitazione per bagnarmi il clitoride e scoprire esattamente dove mi facesse implorare. Poi, aveva riso ed era passato a infilarmi il dito dentro. Lì, aveva scoperto anche un punto che, quando toccato in un certo modo, mi aveva fatta dimenare. Solo allora si era preso il suo tempo e aveva giocato col mio ano, ricoprendomi abbondantemente di un unguento che aveva preso a Bridgewater per poi infilarmelo dentro. Solo allora mi aveva inserito lentamente uno dei plug.

Rimasi in posizione, dal momento che sapevo che James riusciva a vedere cosa stesse facendo Jonah, che per quanto fosse ferito e ciò gli rendesse difficile partecipare, non si sentiva tagliato fuori.

Sapevo che avrebbe potuto portarmi all'orgasmo, ma non l'aveva fatto. Non *voleva* farlo.

«Jonah,» lo implorai di nuovo.

«Che c'è, Micina?»

Oh, sapeva esattamente cosa c'era. Mi voltai così da trovarmi in ginocchio rivolta verso entrambi.

Guardai James. «Fammi venire,» implorai, poi abbassai le

mani tra le mie cosce e mi toccai. Trasalii.

Jonah allungò una mano e mi schiaffeggiò. Non con forza, ma abbastanza da farmi contrarre i muscoli e ondeggiare i seni.

«Quella è la nostra figa.»

«Ma ho voglia,» controbattei piagnucolando.

James arricciò un dito. «Vieni qui, Micina. Siediti sulla mia bocca e ti farò stare meglio.»

Lo fissai con gli occhi sgranati, insicura di cosa intendesse.

Lui sollevò lo sguardo e indicò la testiera. «Posa lì le mani.»

Feci come mi aveva detto.

«Bene, adesso salimi a cavalcioni sulla faccia. Oh, che bella visione della tua figa e di quel plug che ti allarga le natiche. Ora siediti, voglio posarti la bocca addosso.»

Sollevò le mani, mi afferrò i fianchi e mi attirò verso il basso quando io ci andai troppo cauta.

«Oh!» esclamai, afferrando la ringhiera d'ottone, quando la sua lingua mi leccò dall'apertura fino al clitoride.

«Ti farà venire, Micina, dopodiché gli cavalcherai l'uccello,» mi disse Jonah.

James mi sollevò solamente un pochino.

«E Jonah ti entrerà in quel bel culo,» disse, il suo fiato caldo che mi colpiva le labbra sensibili.

Guardai Jonah da sopra la mia spalla, che allungò una mano e strattonò il manico del plug. «Ci prenderai entrambi. È arrivato il momento di farti nostra. Completamente.»

La mia mente si svuotò quando James tornò alla sua impresa con il vigore di un uomo in perfetta salute. Non mi stuzzicò come aveva fatto Jonah, ma mi torturò rapidamente e spietatamente il clitoride fino a farmi venire, urlando il suo nome.

James mi spostò i fianchi verso il basso così che gli fui a

La sposa indisciplinata

cavalcioni sulla vita, i miei seni che penzolavano di fronte a lui. Mi prese un capezzolo in bocca e lo succhiò, mentre io riprendevo fiato. Ero ben soddisfatta. James era piuttosto bravo con la bocca, ma non mi aveva nemmeno messo le dita dentro. La mia figa si sentiva vuota. Avevo bisogno del suo cazzo dentro.

Lui mi lasciò andare il capezzolo ed io colsi quell'opportunità per scivolare ulteriormente lungo il suo torso, sistemando la punta del suo uccello contro la mia apertura.

«Cazzo, sì,» mormorò lui.

Mentre me lo prendevo dentro, lo baciai, sentendo il mio sapore sulle sue labbra, sulla sua lingua. Ce l'aveva talmente grosso che mi allargò all'inverosimile, riempiendomi. Mi ci volle un minuto per sistemarmi su di lui, per calarmi fino in fondo fino a sedermi sulle sue cosce. Con il plug nel culo, era tutto così stretto.

Jonah era seduto sul bordo del letto e mi fece scorrere una mano lungo la colonna vertebrale, poi strattonò il plug fino ad estrarlo.

Non avevo idea di dove Jonah lo avesse messo, ma le sue dita mi tornarono addosso in quel punto, ricoprendomi di altro lubrificante.

James cominciò a muovermi, scopandomi come lo aggradava, ma lentamente. Forse troppo lentamente, perchè io agitai i fianchi desiderando di più.

«Shh, ti darò di più,» promise Jonah, tirando fuori il dito dal mio ano e alzandosi, levandosi i pantaloni. Pur cominciando a cavalcare l'uccello di James, guardai Jonah, assimilai ogni singolo centimetro del suo corpo muscoloso. I peli scuri sul suo petto, i suoi muscoli sinuosi, il suo cazzo eretto. Ricoprendoselo abbondantemente di lubrificante, lo fece luccicare alla luce della lampada.

Non ero sicura che ci sarebbe stato nel mio ano; era

molto più grande dei plug. Tuttavia, contrassi i muscoli, impaziente che ci entrasse.

«Merda, sbrigati, Jonah.»

Lui venne sul letto e si sistemò dietro di me. James mi attirò a sé per un bacio mentre Jonah posava una mano accanto alle nostre teste e si chinava su di me. Sentii il suo cazzo scontrarsi con la mia apertura vergine per poi fare pressione, cercando di entrarvi.

Trasalii a quella sensazione. Lo volevo disperatamente. Trassi un respiro profondo, poi lo lasciai andare, rilassandomi. Lasciai che fossero loro a fare tutto il lavoro, dal momento che gli appartenevo e potevano fare di me ciò che volevano. Non mi avrebbero fatto del male. Mi mettevano al primo posto nelle loro vite, al centro di tutto. Come in quel preciso istante, io mi trovavo in mezzo a loro, al mio posto. Gli appartenevo. Completamente.

Eppure, loro erano miei. Mi volevano. Io ci rendevo una famiglia. Eravamo un tutt'uno. E quando il cazzo di Jonah scivolò oltre lo stretto anello di muscoli che gli aveva opposto un po' di resistenza, io sollevai la testa e gemetti.

«Ecco, prendilo. Brava ragazza. Che brava ragazza che ti prendi i nostri cazzi.»

«È così stretta,» ringhiò Jonah, facendosi strada dentro di me a malapena un centimetro alla volta.

«Sono... sono così piena,» gemetti.

Ero persa in loro. *Con* loro.

«Non durerò,» ammise James.

«Cazzo, neanch'io a questo punto. Sapere che ho rivendicato questo culo vergine... è troppo bello.»

Alternarono i loro movimenti, uno che scivolava dentro mentre l'altro si ritraeva. A passo lento, costante e perfetto. Io non riuscivo a muovere i fianchi, non riuscivo a dimenarmi. Non riuscivo a fare altro che sentire.

Le mani di James mi si strinsero in vita mentre veniva,

riempiendomi del suo seme caldo. Una scivolò in mezzo a noi e trovò il mio clitoride, cosa che portò oltre il limite anche me. Non riuscii a trattenere il mio piacere, nonostante avrei voluto attendere Jonah. Mi stavano sopraffacendo.

Jonah mi scopò in maniera così intima, una maniera che mi mise completamente a nudo. Gli diedi tutto, a entrambi. Quando si spinse a fondo e ringhiò, venne. Marchiandomi.

Jonah fu il primo a ritrarsi, lentamente e con cautela, James che lo seguiva poco dopo. Io scivolai di lato, facendo attenzione alla gamba di James e appoggiandomi alla sua spalla. Jonah si insinuò accanto a me, passandomi un braccio sulla vita.

Avevo il loro seme che mi colava fuori, ricordandomi che erano miei anche quando non li avevo dentro.

«Io... volevo soltanto che sapeste tutti e due che mi trovo esattamente dove vorrei essere,» ammisi. «Con entrambi voi. Sono cambiate così tante cose così in fretta, ma io-»

«Lo so, Micina,» disse Jonah, ravviandomi i capelli e baciandomi la spalla. «Provo la stessa cosa. Per quanto la cosa sembrasse essere un po' fuori dal nostro controllo, forse è andata meglio così. Forse è stato il destino a spingerci tutti in questa direzione.»

«Pensavo di essere stato io,» disse James. «Io te l'avevo *detto* che ci saremmo sposati.»

Risi. «Oh sì. Sei sempre quello romantico.»

«Ti faccio vedere io il romanticismo, tra giusto un paio di minuti non appena mi riprendo. E fa' meno la sfacciata, Micina.»

Mi sollevai per guardarlo dall'alto, un sorrisetto a incurvargli l'angolo della bocca. «Altrimenti cosa? Mi sculacci?»

«Sempre.»

«Anch'io,» disse Jonah, strattonandomi di nuovo giù per un bacio.

«Sissignore.»

UNA NOTA DI VANESSA...

Non preoccupatevi, arriverà dell'altro dallo Bridgewater!
Ma indovinate un po'? Ho del materiale bonus per voi. Un po' di amore in più con James, Jonah e Tennessee. Per cui registratevi alla mia mailing list. Ci sarà del materiale bonus per ogni libro della serie dello Bridgewater dedicato esclusivamente agli iscritti. La registrazione vi permetterà anche di conoscere tutte le mie prossime uscite non appena verranno annunciate (e otterrete un libro gratis... wow!)

Come sempre... grazie per aver apprezzato i miei libri e la cavalcata selvaggia!

ISCRIVITI ALLA NEWSLETTER

Unisciti alla mailing list per essere informato per primo su nuove uscite, libri gratuiti, premi speciali e altri omaggi dell'autore.

http://vanessavaleauthor.com/v/db

L'AUTORE

Vanessa Vale è l'autrice bestseller di USA Today di oltre 60 libri, romanzi d'amore sexy, tra cui la famosa serie d'amore storica Bridgewater e le piccanti storie d'amore contemporanee, che vedono come protagonisti ragazzi cattivi che non si innamorano come gli altri, ma perdutamente. Quando non scrive, Vanessa assapora la follia di crescere due ragazzi e cerca di capire quanti pasti può preparare con una pentola a pressione. Pur non essendo abile nei social media come i suoi figli, ama interagire con i lettori.

facebook.com/vanessavaleauthor
instagram.com/iamvanessavale

TUTTI I LIBRI DI VANESSA VALE IN LINGUA ITALIANA

https://vanessavaleauthor.com/book-categories/italiano/

www.ingramcontent.com/pod-product-compliance
Lightning Source LLC
LaVergne TN
LVHW011837060526
838200LV00053B/4077